हिन्द पॉकेट बुक्स

बिराज बहू

शरत्‌चन्द्र चट्टोपाध्याय बांग्ला के सुप्रसिद्ध उपन्यासकार एवं लघु कथाकार थे। उनकी अधिकांश कृतियों में गाँव के लोगों की जीवनशैली, उनके संघर्ष एवं उनके द्वारा झेले गए संकटों का वर्णन है। इसके अलावा उनकी रचनाओं में तत्कालीन बंगाल के सामाजिक जीवन की झलक मिलती है। शरत्‌चन्द्र भारत के सार्वकालिक सर्वाधिक लोकप्रिय तथा सर्वाधिक अनूदित लेखक हैं। 16 जनवरी 1938 ई. को कलकत्ता में 62 वर्ष की उम्र में उनका निधन हुआ।

बिराज बहू

शरत्चन्द्र

हिन्द पॉकेट बुक्स
पेंगुइन रैंडम हाउस इम्प्रिंट

हिन्द पॉकेट बुक्स

यूएसए | कैनेडा | यूके | आयरलैंड | ऑस्ट्रेलिया
न्यू ज़ीलैंड | भारत | साउथ अफ्रीका | चीन | सिंगापुर

हिन्द पॉकेट बुक्स, पेंगुइन रैंडम हाउस ग्रुप ऑफ़ कम्पनीज़ का हिस्सा है,
जिसका पता global.penguinrandomhouse.com पर मिलेगा

पेंगुइन रैंडम हाउस इंडिया प्रा. लि.,
चौथी मंजिल, कैपिटल टावर 1, एमजी रोड,
गुरुग्राम 122002, हरियाणा, भारत

पेंगुइन
रैंडम हाउस
इंडिया

प्रथम हिन्दी संस्करण हिन्द पॉकेट बुक्स द्वारा 1999 में प्रकाशित
यह हिन्दी संस्करण हिन्द पॉकेट बुक्स में पेंगुइन रैंडम हाउस द्वारा 2020 में प्रकाशित

10 9 8 7 6 5 4 3 2

ISBN 9789353497293

मुद्रक: रेप्रो इंडिया लिमिटेड

www.penguin.co.in

FSC www.fsc.org MIX Paper from responsible sources FSC® C047271

This is a legitimate digitally printed version of the book and therefore might not have certain extra finishing on the cover.

बिराज बहू

हुगली जिले के सप्तग्राम में दो भाई नीलाम्बर और पीताम्बर चक्रवर्ती रहते थे। उस प्रदेश में मुर्दे को घाट पहुंचाने, कीर्तत करने, ढोलक बजाने और गांजे का दम लगाने वाला नीलाम्बर जैसा दूसरा आदमी नहीं था। उसकी उन्नत और गौरवर्ण देह में असाधारण शक्ति थी। गांव में परोपकारी के रूप में जैसी उसकी प्रसिद्धि थी, उसी प्रकार गंवार के रूप में कुछ अप्रसिद्धि भी थी। किन्तु छोटा भाई पीताम्बर उससे बिल्कुल ही भिन्न प्रकृति का व्यक्ति था। वह नाटा और दुबला-पतला था। संध्या के बाद किसी आदमी के मरने की खबर सुनते ही उसका शरीर न जाने कैसा हो जाता था। बड़े भाई की भांति मूर्ख भी नहीं था और गंवारपन की भी कोई बात उसमें न थी। सवेरे भात खाकर, बस्ता बगल में दबा-कर निकल जाता और हुगली अदालत के पच्छिम ओर के एक पेड़ के नीचे बैठकर दिन-भर अर्जी लिखा करता। इससे जो कुछ कमाता था, शाम से पहले ही घर लौटकर बक्स में बन्द कर देता था। रात में घर के दरवाजे-खिड़कियां अपने हाथ से बन्द करता और पत्नी से कई बार उनकी जांच कराने के बाद ही सोता था।

आज सवेरे नीलाम्बर चंडीमण्डप के एक ओर बैठा तम्बाकू पी रहा था कि उसकी कुंआरी बहिन हरिमती चुपचाप आकर पीठ की ओर घुटने टेककर बैठ गई और दादा की पीठ में मुंह छिपाकर रोने लगी। नीलाम्बर ने हुक्का दीवार से लगाकर रख दिया और अंदाज से एक हाथ बहिन के सिर पर रखकर स्नेह से पूछा, "बहिन, क्या हुआ जो आज तड़के ही

तूने रोना शुरू कर दिया ?"

हरिमती दादा की पीठ में मुंह रगड़ती और उसे जगह-जगह आंसुओं से भिगोती हुई बोली, "भाभी ने मेरे गाल में चुटकी काटी और मुझे कानी कहकर गाली दी है।"

नीलाम्बर हंसकर बोला, "तुझे कानी कहती है ? ऐसी दो आंखें रहते भी जो कानी कहती है, वह खुद कानी है। किन्तु गाल क्यों नोचे ?"

हरिमती ने रोते-रोते ही कहा "ऐसे ही।"

"ऐसे ही ? अच्छा चल, देखूं तो क्या बात है !" कहकर बहिन का हाथ पकड़े हुए भीतर जाकर नीलाम्बर ने पुकारा, "बिराज बहू !"

बड़ी बहू का नाम बिराज है नौ साल की उम्र में ही उसका ब्याह हो गया था, तब से सब लोग उसे बिराज बहू कहकर ही पुकारते हैं। इस समय उसकी उम्र उन्नीस-बीस साल की होगी। सास के मरने के बाद से ही वह इस घर की गृहिणी है। बिराज असामान्य सुन्दरी है, चार-पांच साल पहले उसे एक पुत्र हुआ था, किंतु प्रसुतिगृह में ही मर गया। तब से कोई सन्तान नहीं हुई। इस समय वह रसोईघर में काम कर रही थी। स्वामी की पुकार सुनकर बाहर आ गई और भाई-बहिन को एक-साथ देख जलकर बोली, "कलमुंही ! उलटे नालिश करने गई थी ?"

नीलाम्बर बोला, "क्यों न जाएगी ? तुम उसे कानी कहती हो, जो बिलकुल झूठी बात है। किन्तु उसके गाल क्यों नोचे ?"

बिराज ने कहा, "इतनी बड़ी लड़की है, सोकर उठते पर न मुंह धोया, न कपड़े बदले; गोशाला में जाकर बछड़े को खोल दिया और मुंह बाए खड़ी देखती रही। आज एक बूंद दूध नहीं मिला। इसे तो मारना चाहिए।"

नीलाम्बर ने कहा, "नहीं, दासी को ग्वाले के यहां भेज देना चाहिए। किन्तु बहिन ! तुमने एकाएक जाकर बछड़े को क्यों खोल दिया ? यह तो तेरा काम भी नहीं है।"

हरिमती दादा की पीठ के पीछे खड़ी धीरे-धीरे बोली, "मैंने समझा था कि दूध दुहा जा चुका है।"

"फिर किसी दिन ऐसा समझना !" कहकर बिराज बहू रसोई में

जाने को हुई कि नीलाम्बर ने हंसकर कहा, "इस उम्र में तुमने भी एक दिन मां का सुग्गा उड़ा दिया था। यह समझकर पिंजड़े का दरवाजा खोल दिया था कि पिंजड़े की चिड़िया उड़कर जा नहीं सकती। याद आता है ?"

बिराज फिरकर खड़ी हो गई और मुंह पर हंसी लाकर बोली, "याद है। पर तब मैं इतनी बड़ी नहीं, छोटी थी।" इतना कहकर वह काम से चली गई।

हरिमती बोली, "दादा ! चलो, बाग में चलकर देखें कि आम पक रहे हैं या नहीं !"

"हां, चल बहिन !"

इसी समय यदु नौकर ने भीतर आकर कहा, "बाहर नारायण बाबा बैठे हैं।"

नीलाम्बर ने कुछ खीझकर मृदु स्वर में कहा, "इतनी ही देर में आकर बैठ भी गए !"

रसोईघर के भीतर से बिराज ने यह बात सुनते ही तेजी से आकर और चिल्लाकर कहा, "बुड्ढे से जाने के लिए कह दे।" फिर स्वामी की ओर देखकर कहा, "अगर तुम सवेरे से ही वह सब पीना शुरू करोगे तो मैं सिर पटककर मर जाऊंगी। आजकल यह सब क्या हो रहा है ?"

नीलाम्बर ने कुछ जवाब नहीं दिया, चुपचाप बहिन का हाथ पकड़े खिड़की के दरवाजे से बाग की ओर चला गया।

इस बाग से होकर शीर्णकाया सरस्वती नदी की एक पतली धारा गंगायात्री[१] के श्वास-प्रश्वास के समान बाहर जा रही थी। उसमें सर्वत्र सेवार भरा हुआ था; बीच-बीच में ग्रामवासियों ने जल के लिए कुएं खोद रखे थे। उनके आसपास शैवालयुक्त उथले तल में खुली सीपें स्वच्छ जल के भीतर से सूर्य के प्रकाश में असंख्य मणियों की भांति चमक रही थीं। एक काला पत्थर पास के समधिस्तूप की चहारदीवारी से किसी बीते हुए दिन की तेज वर्षा के प्रखर प्रवाह में खिसककर किनारे आ लगा

१. आसन्नमृत्यु प्राणी

था। इस घर की बहुएं मृतात्मा के लिए हर शाम को उस पत्थर के एक किनारे पर दीप जलाकर रख जाती थीं। बहिन का हाथ पकड़े हुए नीलाम्बर आकर उसी पत्थर पर एक ओर बैठ गया। नदी के दोनों किनारों पर बड़े-बड़े आम के बगीचे और बांस के पेड़ थे। दो-एक पुराने पीपल और वट के पेड़ नदी की धारा पर बहुत ज्यादा झुके अपनी डालियां फैलाए हुए थे। इन शाखाओं के ऊपर न जाने कब से कितने पक्षियों ने निश्चिन्त होकर अपने घोंसले बनाए हैं, न जाने कितने बच्चों को पालकर बड़ा किया है, न जाने कितने फल खाए और न जाने कितने गान गाए हैं। उन्हीं की छांह में दोनों बहिन-भाई कुछ देर तक चुपचाप बैठे रहे।

अकस्मात् हरिमती दादा की गोद के और पास खिसक आकर बोली, "अच्छा दादा, भाभी तुम्हें 'बोष्टम ठाकुर'[१] कहकर क्यों पुकारती हैं?"

नीलाम्बर ने अपने गले की तुलसी माला दिखाकर हंसते हुए कहा, "मैं बोष्टम हूं, इसीलिए इस नाम से पुकारती हैं।"

हरिमती अविश्वास करती हुई बोली, "वाह! तुम बोष्टम क्यों होने लगे? वे लोग तो भिक्षा मांगते हैं। अच्छा दादा, वे भिक्षा क्यों मांगते हैं?"

"उनके पास कुछ नहीं है, इसीलिए मांगते हैं।"

हरिमती ने दादा के मुंह की ओर देखते हुए पूछा, "अच्छा, उनके पास कुछ नहीं है? उनके पास ताल-पोखर नहीं, बगीचे नहीं, धान की कोठियां नहीं, कुछ भी नहीं है?"

नीलाम्बर ने बहिन के बालों में स्नेहसिक्त हाथ फिराते हुए कहा, "कुछ भी नहीं है बहिन, कुछ भी नहीं। बोष्टम होने पर कुछ भी नहीं रखना पड़ता।"

हरिमती ने कहा, "तब सब लोग उन्हें थोड़ा-थोड़ा क्यों नहीं देते?"

नीलाम्बर ने कहा, "तेरे दादा ने ही उन्हें कुछ दिया है?"

"क्यों नहीं देते दादा, हमारे पास तो इतना सब है?"

---

१. जो बंगाली वैष्णव एकतारा पर भजन गाते भीख मांगते फिरते हैं, उन्हें बोष्टम कहते हैं। यह वैष्णव का ही अपभ्रंश है।

नीलाम्बर हंसकर बोला, "तब भी तेरा दादा कुछ दे नहीं सकता। किन्तु बहिन ! जब तू राजा की बहू होगी तब देना।"

बालिका होने पर भी यह बात सुनकर, हरिमती लजा गई। दादा की गोद में मुंह छिपाकर बोली, "जाओ।"

नीलाम्बर ने दोनों हाथों से पकड़कर उसका मस्तक चूम लिया। बिन मां-बाप की इस बहिन के प्रति उसके स्नेह की सीमा नहीं है। आज से सात साल पहले, जब वह केवल तीन साल की थी, उसकी विधवा मां उसे बड़ी बहू और बेटे को सौंपकर स्वर्ग सिधार गई थी। उस दिन से नीलाम्बर ने ही उसे इतना बड़ा किया है। उसने सारे गांव के रोगियों की सेवा की है, मुर्दो को घाट ले जाकर उनका अग्निसंस्कार किया है, कीर्तन किया है, गांजा पिया है, किन्तु मां के अन्तिम आदेश की कभी अवहेलना नहीं की। उसने छाती से लगाकर उसे इतना बड़ा किया है, इसीलिए हरिमती माता की गोद की तरह ही निःसंकोच उसकी छाती में मुंह छिपाकर चुप हो रही।

दूर से पुरानी नौकरानी की आवाज सुनाई पड़ी, "पूंटी ! बहू मां दूध पीने के लिए बुला रही हैं।"

हरिमती ने मुंह ऊपर उठाकर विनती के स्वर में कहा, "दादा, तुम कहे दो न कि अभी दूध नहीं पीऊंगी।"

"क्यों न पिएगी बहिन ?"

हरिमती बोली,"अभी मुझे जरा भी भूख नहीं है।"

नीलाम्बर हंसकर बोला,"यह तो मैंने समझ लिया, किन्तु जो गाल नोचती है, वह तो नहीं समझेगी।"

नौकरानी ने दूर से बिना देखे, फिर पुकारा "पूंटी !"

नीलाम्बर ने शीघ्रता से बहिन को खड़ा करके कहा, "बहिन ! जा तू कपड़े बदलकर दूध पी आ, मैं यहीं बैठा हूं।"

हरिमती मुंह लटकाए, धीरे-धीरे वहां से चली गई।

उसी दिन दोपहर को स्वामी के सामने भात परोसकर बिराज निकट ही बैठ गई और बोली,"अच्छा, तुम्हीं बोलो, मैं तुम्हें भात के साथ रोज क्या-क्या परोसा करूं ? तुम यह न खाओगे, वह न खाओगे,

अन्त में मछली भी छोड़ दी।"

नीलाम्बर खाने के लिए बैठते हुए बोला, "यह इतनी तरकारी तो धरी है।"

"इतनी क्या है ? उन्हीं में कभी यह, कभी वह। इनके साथ क्या मर्द खा सकते हैं ? यह कुछ शहर तो है नहीं कि सब चीजें मिल जाएंगी, यह तो गांव है। यहां तो बस पोखर की मछली है। उसे भी तुमने छोड़ दिया। पूंटी ! कहां गई ? जरा आकर भैया को पंखा झल दे। नहीं, यह नहीं होगा। आज अगर थाली में कुछ छोड़ोगे तो तुम्हारे चरणों में सिर पटककर प्राण दे दूंगी।"

नीलाम्बर हंसता हुआ चुपचाप खाने लगा।

बिराज खीजकर बोली, "हंसते क्या हो, मेरी देह में आग लग जाती है। दिन-रात तुम्हारा खाना कम होता जाता है, इतनी खबर है ? जरा देखो तो गले की हड्डी (हंसली) दिखाई देने लगी है।"

नीलाम्बर बोला, "देखा है···यह सब तुम्हारे मन का भ्रम है।"

बिराज ने कहा, "मन का भ्रम है ? यदि तुम एक दाना भी कम खाओ तो मैं बता सकती हूं। रत्ती-भर रोग होने पर और शरीर को हाथ से छूते ही समझ जाती हूं। जानते नहीं ? जा पूंटी, पंखा रखकर रसोई में से अपने दादा के लिए दूध ले आ।"

हरिमती एक ओर खड़ी होकर पंखा कर रही थी; पंखा रखकर दूध लेने चली गई। बिराज ने फिर कहा, "धर्म-कर्म करने के लिए अभी बहुत समय पड़ा है। आज उस घर में मौसी आई थीं, कहती थीं कि इतनी थोड़ी उम्र में मछली छोड़ देने से आंखों की ज्योति घट जाती है, शरीर निर्बल पड़ जाता है। नहीं, यह नहीं होगा। अन्त में क्या हो जाए, ज्ञात नहीं। मैं तुम्हें मछली न छोड़ने दूंगी।"

नीलाम्बर मुस्कराता हुआ बोला, "मेरे बदले तू ही खूब खाया कर, बस, सब ठीक हो जाएगा।"

बिराज चिढ़कर वोली, "नीचों की तरह फिर वही तू-तकार !"

नीलाम्बर अप्रतिभ होकर बोला, "याद नहीं रहता। बचपन की आदत ठहरी, छूटती नहीं है। याद है, कितनी बार तुम्हारा कान मला

है मैंने !"

बिराज ने होंठ दबांकर मुस्कराते हुए कहा, "याद नहीं रहेगा ? मुझे छोटी पाकर तुमने क्या कम अत्याचार किया है ? पिताजी से छिपा-कर, मां से लुक-छिपकर तुमने कितनी तम्बाकू मुझसे भरवाई है। तुम क्या कुछ कम शैतान हो !"

नीलाम्बर हा-हा करके जोर से हंस पड़ा, "आज भी वे सब बातें याद हैं ? किन्तु तभी से तुझे प्यार करने लगा था।"

बिराज ने हंसी दबाकर कहा, "जानती हूं; चुप रहो, पूंटी आ रही है।"

हरिमती ने दूध का कटोरा थाली के पास रख दिया और पंखा उठाकर फिर हवा करने लगी। बिराज ने उठकर हाथ धोए और आकर स्वामी के पास बैठती हुई बोली, "ला पूंटी ! पंखा मुझे दे ! तू जा खेल…"

पूंटी चली गई। बिराज हवा करते-करते बोली, "सच कहती हूं, इतनी छोटी अवस्था में ब्याह होना अच्छा नहीं।"

नीलाम्बर ने पूछा, "अच्छा क्यों नहीं ? मैं तो कहता हूं, लड़कियों का खूब छोटी उम्र में ब्याह होना अच्छा है।"

बिराज सिर हिलाकर बोली, "नहीं मेरी बात अलहदा है, क्योंकि मैं तुम्हारे हाथ पड़ गई थी। इसके अलावा मेरे कोई दुष्ट जेठानी या ननद भी नहीं। मैं दस साल की उम्र में ही गृहिणी बन गई थी। किन्तु मैं और भी तो पांच आदमियों के घर देखती हूं। छोटी उम्र से ही जो वक-झक और मार-धाड़ शुरू हो जाती है, वह बड़े हो जाने पर भी अन्त तक चलती रहती है। इसीलिए तो मैं अपनी पूंटी के ब्याह का नाम भी नहीं लेती, नहीं तो अभी परसों ही राजेश्वरीतल्ला के घोषाल बाबू के यहां से विवाह की बात आई थी। सर्वांग के लिए गहने, हजार रुपये नकद। तब भी मैं कहती हूं, नहीं, अभी दो साल और रहने दो।"

नीलाम्बर ने मुंह उठाकर आश्चर्य से कहा, "तुम क्या धन लेकर लड़की बेचोगी ?"

बिराज वोली, "क्यों न लूंगी ? अगर कोई लड़का होता तो टके देकर

घर में बहू लानी पड़ती या नहीं ? तुम लोगों ने क्या मुझे तीन सौ रुपये देकर खरीदा नहीं था ! देवर के ब्याह में पांच सौ नहीं देने पड़े थे ? नहीं, नहीं, तुम इन सब बातों में टांग न अड़ाओ। हम लोगों का जो कायदा चला आया है, वही मैं करूंगी।"

नीलाम्बर ने और भी अधिक चकित होकर कहा, "किसने तुम्हें बताया कि हम लोगों का कायदा लड़की बेचना है ? हम द्रव्य देते अवश्य हैं, किन्तु अपनी लड़की के ब्याह में एक पैसा भी नहीं लेते। पूंटी का दान करूंगा।"

स्वामी के मुख और आंखों के भाव देखकर बिराज एकाएक हंसती हुई बोली, "अच्छा, वही करना। अभी तो खाओ, कोई बहाना करके उठ न जाना।"

नीलाम्बर भी हंसते हुए बोला, "क्या मैं छूकर, बहाना करके उठ जाता हूं ?"

बिराज ने कहा, "नहीं, एक दिन भी नहीं। यह दोष तो तुम्हारे शत्रु भी तुम पर नही लगा सकेंगे। इसके लिए मुझे कितने दिन उपवास करके काटने पड़े हैं, उसे छोटी बहू जानती है–अरे ! यह क्या ? बस खा चुके ?"

बिराज ने झल्लाकर पंखा फेंक दिया और दूध का कटोरा जोर से पकड़कर बोली, "मेरा सिर ही खाओ, जो उठो। ओ पूंटी ! जल्दी जा और छोटी बहू के पास से दो संदेश तो ले आ। नहीं, नहीं, सिर हिलाने से काम नहीं चलेगा। तुम्हारा पेट नहीं भरा है, उठ जाओगे तो मैं कहती हूं कि भोजन न करूंगी। कल रात मैंने एक बजे तक जाकर संदेश बनाए हैं।" हरिमती ने एक रकाबी में बहुत-से संदेश लाकर थाली के पास रख दिए।

नीलाम्बर हंसते हुए बोला, "अच्छा, तुम्हीं बताओ, इतने संदेश मैं इस समय खा सकता हूं ?"

बिराज ने मिठाई का परिमाण देखकर सिर झुकाकर कहा, "बातचीत करते-करते, अन्यमनस्क होकर खाओ तो खा सकोगे।"

"इतने पर भी खाना ही होगा ?"

बिराज ने कहा, "हां ! या मछली न छोड़ पाओगे या फिर इसे कुछ ज्यादा मात्रा में खाना ही पड़ेगा।"

नीलाम्बर ने रकाबी हाथ में लेकर कहा, "इस खिलाने के जुल्म के भय से मन में आता है कि वन में जाकर रहूं।"

पूंटी बोली, "दादा, मुझे भी…"

बिराज ने डांटकर कहा, "चुप रह कलमुंही ! खाएंगे नहीं तो जिएंगे कैसे ? देखूंगी कि ससुराल जाने पर कैसे शिकायत करती है !"

२

डेढ़ेक महीने बाद की बात है। पांच दिन तक ज्वर में पड़े रहने के बाद आज सुबह नीलाम्बर की तबीयत ठीक थी; ज्वर उतर गया था। बिराज ने अपने हाथ से उसके कपड़े निकालकर धुले कपड़े पहना दिए थे तथा फर्श पर बिछौना बिछाकर उसपर उसे लिटा दिया था। नीलाम्बर चुपचाप पड़ा हुआ खिड़की से बाहर के एक नारियल के वृक्ष की ओर देख रहा था। छोटी बहिन हरिमती पास बैठी धीरे-धीरे पंखे से हवा कर रही थी। थोड़ी ही देर बाद, नहा-धोकर भीगे बाल पीठ पर छिटकाए तथा रेशमी साड़ी पहने बिराज ने कमरे में प्रवेश किया। सारा कमरा जैसे आलोकित हो उठा। नीलाम्बर ने उसकी ओर देखते हुए कहा, "क्या बात है ?"

बिराज बोली, "बाबा पंचानन्द की पूजा की सामग्री भेजनी है।" इतना कहकर सिरहाने घुटनों के बल बैठ गई और हाथ से स्वामी के माथे की गर्मी का अनुभव करते हुए बोली, "नहीं, ज्वर अब नहीं है। न जाने इस साल मां के मन में क्या है ! हर घर में न जाने क्या कांड हो रहा है। आज सवेरे ही सुना कि हमारे मोती मोडल के लड़के के सर्वांग में मां का अनुग्रह हुआ है–देह में तिल रखने की भी जगह नहीं है।"

नीलाम्बर ने चिन्तित होकर पूछा, "मोती के किस लड़के को शीतला निकली है ?"

"बड़े लड़के को। मां शीतला ! शान्त होओ मां ! अहा ! उनके यहां यही लड़का तो रोजगारी है। गए शनिवार की रात को पिछले

पहर एकाएक नींद टूट गई और तुम्हारे शरीर पर हाथ रखकर देखा, जैसे आग हो रहा हो। डर से छाती का खून जम गया। उठकर बड़ी देर तक रोती रही, उसके बाद मन में कहा कि मां शीतला यदि इन्हें अच्छा कर दोगी तो तुम्हारी पूजा करने के बाद ही खाऊं-पीऊंगी, नहीं तो बिना खाए-पिए, उपवास करके प्राण दे दूंगी !" कहते-कहते उसके दोनों नयन गीले हो गए और दो बूंद आंसू नीचे गिर पड़े।

नीलाम्बर ने आश्चर्य के साथ कहा, "तो तुम उपवास किए हुए हो ?"

पूंटी बोली, "हां दादा ! भाभी कुछ नहीं खातीं। केवल शाम के एक मुट्ठी कच्चे चावल और एक लोटा जल लिया था। किसीकी बात नहीं सुनतीं।"

नीलाम्बर ने अत्यन्त असन्तुष्ट होकर कहा, "यह सब तुम्हार पागलपन नहीं है ?"

बिराज आंचल से आंसू पोंछते हुए बोली, "पागलपन नहीं है ! और असली पागलपन है। अगर तुमने नारी का जन्म पाया होता तब जानते कि स्वामी क्या वस्तु है। तभी समझ पाते कि ऐसे दिनों में उसके ज्वर ग्रस्त होने पर छाती के भीतर क्या होने लगता है।" इतना कहकर जाने को उठी किन्तु फिर बोली–"पूंटी, नौकरानी पूजा ले जा रही है, साथ जाना हो तो जल्दी से नहाकर तैयार हो जा।"

पूंटी खुश होकर खड़ी हो गई और बोली, "जाऊंगी भाभी !"

"तब देर न कर। जा, देवता के निकट अपने दादा के लिए अच्छी तरह वरदान मांगना।"

पूंटी दौड़कर चली गई। नीलाम्बर हंसकर बोला, "वह भी मांग सकेगी, बल्कि तुमसे भी ज्यादा अच्छी तरह।"

बिराज ने हंसते हुए सिर हिलाया। बोली, "ऐसा न समझो। भाई हो या मां-बाप हों, स्त्रियों के लिए स्वामी से बढ़कर कोई नहीं है। भाई या मां-बाप के उठ जाने पर खूब दुःख-कष्ट होता है, किन्तु स्वामी के चले जाने पर तो स्त्री का सर्वस्व चला जाता है। आज पांच दिन से बिना खाए-पिए हूं, किन्तु दुर्भावना के बोझ से एक बार भी खयाल नहीं आया

कि उपासी हूं; परन्तु बुलाओ तो अपनी किसी बहन को, तो देखूं···"

नीलाम्बर ने चट रोककर कहा, "फिर वही !"

बिराज बोली, "तब कहते क्यों हो ? पागलपन किया है या क्या किया है, यह मैं जानती हूं या देवता जानते हैं जिन्होंने मेरी बात रख ली है। कोई बात हो जाती तो मैं एक दिन भी न जी सकती। मांग का सिंदूर पुंछने से पहले ही पत्थर से माथा फोड़ डालती। शुभ यात्रा में लोग मुंह न देखेंगे, शुभ कर्म में लोग बुलाकर बात न पूछेंगे, ये दोनों खाली हाथ लोगों के सामने बाहर निकाल न सकूंगी, लज्जा से सिर का आंचल न हटा सकूंगी। छि:, छि: ! यह जीना भी कोई जीना है ! पहले समय में जो पति के साथ ही स्त्रियों को जला देते थे, वही ठीक था; उस समय मर्द स्त्रियों के दुःख-कष्ट को समझते थे, अब नहीं समझ पाते।

नीलाम्बर ने कहा, "नहीं, नहीं समझते तो तू ही जाकर समझा दे।"

बिराज बोली, "समझा सकती हूं। और मैं ही क्या, जो कोई भी तुम्हें पाकर फिर खो देगी, वही समझा सकेगी। मैं कोई अकेली नहीं हूं। पर जाने दो, मैं न जाने क्या-क्या बके जा रही हूं।" कहकर हंस पड़ी। एक बार फिर झुककर स्वामी की छाती और माथे का उत्ताप हाथ रख-कर अनुभव करती हुई बोली, "शरीर में कहीं व्यथा तो नहीं है ?"

नीलाम्बर ने सिर हिलाकर कहा, "नहीं।"

बिराज बोली, "तब फिर कोई भय नहीं है। आज मेरी भूख जगी है। जाऊं, कुछ बनाने का इन्तजाम करूं। तुमसे सच कहती हूं, आज यदि कोई मेरा एक हाथ काट दे तो भी जान पड़ता है मुझे क्रोध नहीं आएगा।"

यदु चाकर ने बाहर से ही पुकारकर पूछा, "मां ! क्या कविराजजी को बुलाकर लाना होगा ?"

नीलाम्बर ने कहा, "नहीं नहीं, अब इसकी कोई आवश्यकता नहीं है।"

फिर भी यदु गृहिणी के आदेश के लिए खड़ा रहा। बिराज ने यह देखकर कहा, "नहीं, जाकर बुला ला, एक बार अच्छी तरह देख लें।"

तीन-चार दिन बाद की बात है। नीलाम्बर निरोग होकर बाहर के चण्डीमण्डप में बैठा हुआ था। मोती मोडल आकर रो पड़ा, "दादा ठाकुर ! तुम्हारे एक बार चलकर न देखने पर मेरा छिमन्त नहीं बचेगा। देवता,

एक बार अपनी पद-धूलि दो तो शायद वह बच जाए !" और कुछ न कह सका, व्याकुल होकर रोने लगा।

नीलाम्बर ने पूछा, "शरीर में क्या खूब दाने निकले हैं मोती ?"

मोती आंखें पोंछते-पोंछते बोला, "क्या बताऊं ! जैसे मां एकदम भर उठी हैं। भैया, नीची जाति में जन्म पाया है, कुछ नहीं जानता कि क्या करना होता है। एक बार चलिए न !" कहकर उसने दोनों पांव पकड़ लिए।

नीलाम्बर ने धीरे-धीरे पांव छुड़ाकर कोमल स्वर में कहा, "कोई डर नहीं है मोती ! तू जा, मैं कुछ देर बाद आऊंगा।"

उसके रोने-धोने के आगे नीलाम्बर अपनी अस्वस्थता की बात कह ही न सका। सब तरह के रोगियों की सेवा करके इस विषय में उसने इतनी दक्षता प्राप्त कर ली थी कि पास-पड़ोस के गांवों में किसी को भी कोई सख्त बीमारी होने पर अपने दुःख-कष्ट में उसे दिखाए बिना, उसके मुंह से सान्त्वता पाए बिना रोगियों के आत्मीय स्वजनों को भरोसा ही न होता था। नीलाम्बर स्वयं भी यह बात जानता था। गांव के अशिक्षित लोग डाक्टर-कविराज की औषधि से उसकी पद-धूलि, उसके हाथ के अभिमंत्रित जल में अधिक श्रद्धा रखते हैं, यह जानने के कारण ही वह कभी किसी को निराश नहीं लौटाता था। मोती एक बार रोकर और एक बार पद-धूलि देने की विनती करके आंखें पोंछता हुआ चला गया, तब नीलाम्बर उद्विग्न होकर सोचने लगा। वह अब भी शरीर से दुर्बल है पर इससे क्या ? सोचने लगा–घर से बाहर किस तरह निकला जा सकता है ? बिराज से वह बहुत डरता था, उससे यह बात कैसे कहे ?

ठीक इसी समय भीतर के आंगन से हरिमती ने तेज आवाज देकर कहा, "दादा, भाभी अन्दर आकर सोने के लिए कहती है।"

नीलाम्बर ने जवाब नहीं दिया।

मिनट-भर बाद ही हरिमती स्वयं आ उपस्थित हुई। बोली, "दादा ! सुना नहीं ?"

नीलाम्बर ने सिर हिलाकर कहा, "नहीं।"

हरिमती बोली, "वही जरा-सा खाया था। तब से यहीं बैठे हो।

भाभी कहती हैं–अब बैठना ठीक नहीं, चलकर थोड़ा सो लो।"

नीलाम्बर ने धीरे-धीरे पूछा, "वह क्या कर रही है पूंटी ?"

हरिमती ने कहा, "अभी खाने बैठी हैं।"

नीलाम्बर ने दुलार करके कहा, "मेरी लक्ष्मी बहिन ! एक काम करेगी ?"

पूंटी ने सिर हिलाकर कहा, "करूंगी।"

नीलाम्बर ने अपने कंठस्वर को और कोमल करके कहा, "देख चुपके से जाकर मेरी चादर और छतरी तो ले आ।"

"चादर और छतरी ?"

नीलाम्बर ने कहा, "हां।"

हरिमती आंखें कपाल पर चढ़ाकर बोली, "बाप रे ! भाभी ठीक इसी ओर मुंह किए खाने बैठी हैं।"

नीलाम्बर ने अन्तिम चेष्टा करते हुए कहा, "तो नहीं ला सकेगी ?"

हरिमती ने अधर फैलाकर दो-तीन बार सिर हिलाकर कहा, "नहीं दादा ! देख लेंगी। तुम सोने चलो।"

उस समय दो बजे होंगे। नीलाम्बर ने प्रचण्ड धूप की ओर देखा, पर नंगे सिर बाहर जाने की बात नहीं सोच सका और हताश होकर छोटी बहिन का हाथ पकड़कर उठा और कमरे में जाकर सो रहा। हरिमती भी कुछ देर निरर्थक बातें करती-करती अन्त में सो गई। नीलाम्बर चुपचाप मन ही मन दुहराकर सोचने लगा कि बात को किस ढंग से कहा जाए कि बिराज की करुणा जग जाए।

दिन ढल चला था। बिराज अपने कमरे के ठंडे और चिकने सीमेंट पर पड़ी हुई अपनी छाती के नीचे एक तकिया दबाए तन्मय होकर मामा-मामी को चार पन्नों का लम्बा पत्र लिख रही थी कि कैसे शीतला मां की कृपा से गांव में उसीका एक घर मृत्यु से बच गया है। और किस तरह उसके माथे का सिंदूर और हाथ की चूड़ियां बच गई हैं। बार-बार लिखने पर भी यह कहानी खत्म ने होती थी। ऐसे ही समय खाट पर से पुकारकर नीलाम्बर ने कहा, "मेरी एक बात मानोगी बिराज ?"

बिराज ने दवांत में ही कलम छोड़ दी और मुंह उठाकर पूछा, "क्या

बात है ?"

"मानो तो कहूं।"

बिराज ने कहा, "मानने लायक होगी तो मानूंगी। बोलो, क्या बात है ?"

नीलाम्बर ने क्षण-भर सोचने के बाद कहा, "कहने से कोई लाभ नहीं बिराज ! तुम मेरी बात न मान सकोगी।"

बिराज ने फिर कुछ नहीं पूछा। कलम उठाकर पत्र समाप्त करने के लिए फिर एक बार झुक गई। किन्तु अब चिट्ठी में उसका मन नहीं लगा। भीतर ही भीतर उसकी उत्सुकता प्रबल हो उठी कि बात क्या है। वह उठकर बैठ गई और बोली, "अच्छा कहो, मैं बात मानूंगी।"

नीलाम्बर जरा हंस दिया, फिर हिचकिचाते हुए बोला, "दोपहर को मोती आया था और मेरे दोनों पांव पकड़कर बैठ गया। उसका विश्वास है कि उसके घर में मेरी पद-धूलि पड़े बिना उसका छिमन्त नहीं बचेगा। मुझे एक बार जाना पड़ेगा।"

बिराज उसका मुंह देखती रह गई। कुछ देर बाद बोली, "यह रोगी शरीर लेकर तुम जाओगे ?"

"क्या करूं बिराज ! जबान दी है, एक बार मुझे जाना ही होगा।"

"जबान क्यों दी ?"

नीलाम्बर चुप बैठा रहा। बिराज ने कठोर भाव से कहा, "तुम क्या सोचते हो कि तुम्हारा प्राण अकेले तुम्हारा ही है, उसमें किसी और को बोलने का अधिकार नहीं है ? तुम जो इच्छा हो वही कर सकते हो ?"

नीलाम्बर ने बात की गुरुता कम करने के लिए हंसने की चेष्टा की, किन्तु पत्नी के मुंह की ओर देखकर उसे हंसी आ नहीं सकी। किसी तरह कह डाला, "परन्तु उसका रोना देखकर···"

बिराज बात काटकर बीच में ही बोल उठी, "ठीक तो है। उसका रोना तुमने देखा–किन्तु मेरा रोना देखने वाला भी कोई संसार में है ?" फिर चार पन्ने की उस चिट्ठी की चिन्दी-चिन्दी करते हुए बोली, "ओह ! पुरुष को क्या ? चार दिन-रात बिना खाए-पिए, बिना आंखें झपकाए काट दीं, उसी का हाथों-हाथ बदला चुका रहे हैं। घर-घर ज्वर

है, घर-घर शीतला हैं, फिर भी यह रोगी शरीर के लिए रोगी देखने चले। अच्छा जाओ, मेरे तो भगवान हैं।" इतना कहकर छाती के नीचे तकिया दबाकर पट पड़ रही।

नीलाम्बर के होंठों पर एक बड़ी सूक्ष्म, बड़ी हल्की मुस्कान फूट पड़ी। धीरे-धीरे बोला, "वह भरोसा क्या तुझे है बिराज, जो बात-बात में भगवान् की दुहाई देती है ?"

बिराज चट से उठकर क्रोध-भरे स्वर में बोली, "नहीं, भगवान पर भरोसा केवल तुम्हें है, हमें क्या होगा ! हम कीर्तन नहीं करतीं, तुलसी की माला नहीं पहनतीं, मुर्दे जलाने नहीं जातीं, इसी से केवल तुम्हें यह भरोसा है, हम लोगों को नहीं है।"

उसका गुस्सा देखकर नीलाम्बर हंस पड़ा। बोला, "क्रोध न करो बिराज ! सचमुच ऐसा है। केवल तुम नहीं, तुम लोगों में सभी की यही बात है। भगवान् पर भरोसा करने के लिए जितनी शक्ति की जरूरत है उतनी शक्ति औरतों के शरीर में नहीं होती। इसमें तुम्हारा दोष क्या है !"

बिराज और भी खीजकर बोली, "नहीं, वह दोष नहीं, उलटे औरतों का गुण है। यदि शरीर के बल की ही इतनी जरूरत है तो बाघ-भालू के शरीर में तो और भी अधिक बल होता है। फिर बल हो तो अच्छा, न हो तो अच्छा। पर यह रोगी देह लेकर मैं तुम्हें बाहर न जाने दूंगी, तुम कितना ही तर्क क्यों न करो।"

नीलाम्बर ने फिर कुछ नहीं कहा, चुप होकर लेट गया। बिराज भी कुछ देर तक चुप पड़ी रहने के बाद, 'दिन ढल गया' कहकर उठ गई। घंटे-भर बाद संध्या को दीप जलाकर कमरे में रखने आई तो देखा, स्वामी शय्या पर नहीं हैं। झटपट बाहर आकर पुकारा, "पूंटी, तेरे दादा कहां हैं ? जा, बाहर देख तो आ।"

पूंटी दौड़कर चली गई। पांच मिनट बाद हांफती हुई लौटकर बोली, "कहीं नहीं हैं, नदी-किनारे भी नहीं।"

बिराज सिर हिलाकर बोली, "हूं !" फिर रसोईघर के दरवाजे पर आकर गुमसुम होकर बैठ रही।

३

इसके तीन साल बाद की बात कह रहा हूं। दो महीने पहले हरिमती ससुराल गई है और छोटे भाई पीताम्बर ने एक ही घर में रहते हुए भी खाने-पीने की व्यवस्था अलग कर ली है। बाहर चण्डीमण्डप के बरामदे में संध्या की छाया साफ-साफ दिखाई पड़ने लगी है। वहीं टूटी हुई खाट पर नीलाम्बर चुप बैठा है। बिराज चुपचाप आकर पास खड़ी हो गई। नीलाम्बर ने उसकी ओर देखकर कहा, "अरे ! तुम एकाएक बाहर कैसे ?"

बिराज एक ओर बैठकर बोली, "एक बात पूछने आई हूं।"

"क्या है ?"

बिराज बोली, "बता सकते हो कि क्या खाने से मृत्यु होती है ?" नीलाम्बर चुप बैठा रहा। बिराज ने फिर कहा, "कोई चीज हो तो बता दो, न हो तो मुझसे खोलकर कहो कि तुम इस तरह रोज-रोज क्यों सूखते जा रहे हो ?"

"कौन कहता है कि मैं सूखता जा रहा हूं ?"

"कोई बताएगा तभी मैं जानूंगी ? यह क्या सचमुच ही तुम्हारे मन की बात है ?"

नीलाम्बर जरा हंसा। अपनी बात को संभालकर बोला, "नहीं जी, यह बात नहीं है। तुमसे बड़ी भूल हो जाती है न, इसीसे पूछता हूं कि किसी और ने तुमसे यह बात कही है या तुम अपने-आप ऐसा समझ बैठी हो ?"

बिराज ने इस सवाल का जवाब देने की कोई जरूरत नहीं समझी। बोली, "तुमसे कितना कहा कि मेरी पूंटी का ब्याह ऐसी जगह न करो, किन्तु तुमने मेरी बात पर बिलकुल ध्यान न दिया। जो कुछ नकद था वह चला ही गया, मेरे तन के सब गहने भी चले गए। यदु मोडल के लिए जमीन गिरवी रख दी; दो बगीचे बिक गए। उस पर दो साल से बराबर अकाल पड़ रहा है। अब मुझे बताओ कि हर महीने दामाद की पढ़ाई का खर्च कैसे जुटा सकोगे ? जरा भी विलम्ब होने पर पूंटी को खरी-खोटी सुननी पड़ेगी। वह हमारी अभिमानी लड़की है, किसी तरह तुम्हारी निन्दा न सुन सकेगी। अन्त में क्या से क्या हो जाए, इसे भगवान

ही जानते हैं। भला, तुमने ऐसा काम क्यों किया ?"

नीलाम्बर मौन बैठा रहा। बिराज बोली, 'इसके अलावा, पूंटी की भलाई करने के विचार से दिन-रात चिन्ता में घुलकर तुम मेरा भी सर्वनाश कर रहे हो; यह नहीं होने पाएगा। इससे अच्छा होगा कि तुम एक काम करो, दो-चार बीघे जमीन बेचकर पांच-छ: सौ रुपयों का इन्तजाम कर लो और गले में कपड़ा डालकर दामाद के बाप से कहो कि 'महाशय, ये रुपये लेकर हमें रिहा कर दीजिए–हम गरीब आदमी हैं, और न दे सकेंगे।' इससे पूंटी के अदृष्ट में बुरा-भला जो होने को हो, हो।'

किन्तु तब भी नीलाम्बर मौन ही बैठा रहा।

बिराज उसके मुंह की ओर देखते रहकर बोली, "नहीं कह सकोगे ?"

नीलाम्बर ने निश्वास लेकर कहा; "कह सकता हूं, किन्तु बिराज; यदि इस तरह सब कुछ बेच ही दूंगा, तो हम लोगों का क्या होगा ?"

बिराज ने कहा, "और क्या होगा ! बंधक रखने और महाजन का सूद और गुस्सा सहन करने से तो यह अच्छा ही है। हमारे आगे-पीछे कोई है नहीं, जिसके लिए चिन्ता करें। हम कुल दो प्राणी हैं। किसी तरह गुजर हो ही जाएगी। अगर किसी तरह न चलेगा तो तुम बोष्टम ठाकुर तो हो ही–न होगा तो मैं भी बोष्टमी हो जाऊंगी, दोनों काशी; वुन्दावन इत्यादि तीर्थों में घूमते फिरेंगे।"

नीलाम्बर ने जरा हंसकर कहा; "तू क्या करेगी ? मजीरा बजाएगी ?"

"हां बजाऊंगी। कुछ न कर सकूंगी तो तुम्हारी झोली तो ढो सकूंगी। तुम्हारे मुंह से कृष्ण नाम सुनकर पशु-पक्षी स्थिर होकर खड़े रह जाते हैं, तब क्या हम दो जनों के पेट भरने का उपाय भी नहीं होगा ? चलो, घर के अन्दर चलो, अंधेरे में तुम्हारा मुंह नहीं देख पा रही हूं।"

घर में आने के बाद बिराज दीपक लाकर उसके प्रकाश में कुछ देर तक चुपचाप स्वामी के मुंह की ओर देखती रही, फिर अपनी हंसी छिपा-कर बोली, "नहीं, हिम्मत नहीं होती। प्राण रहते, ऐसे बोष्टम को पांच और बोष्टमियों के सामने बाहर नहीं भेज सकूंगी। उसकी अपेक्षा यहीं सूखकर मर जाना भी अच्छा होगा।"

नीलाम्बर हंस पड़ा। बोला, "वहां केवल बोष्टमिया ही नहीं होतीं, बोष्टम भी होते हैं।"

बिराज बोली, "भले हों। एक हो, दो हों, हजार-हजार, लाख-लाख हों !" इतना कह दीपक को यथास्थान रखकर फिर लौट आई और स्वामी के पैताने बैठ गम्भीर होकर बोली, "अच्छा सुनो ! संसार में सती और असती दोनों ही होती हैं–असती लड़की कभी आंख से देखी नहीं, यद्यपि मुझे देखने की बड़ी साध है। वे कैसी होती हैं, ठीक मेरी ही जैसी या और तरह की ? वे क्या करती हैं, क्या सोचती हैं, क्या खाती हैं, कैसे सोती हैं, यह सब देखने की इच्छा मुझे होती है। अच्छा, तुमने देखा है ?"

नीलाम्बर बोला, "हां देखा है।"

"देखा है ? अच्छा, जैसे मैं बैठकर बात कर रही हूं, क्या वे वैसे ही बैठकर जिस-तिसके साथ बात करती हैं ?"

नीलाम्बर हंसकर बोला, "यह मैं नहीं कह सकता–मैंने यह सब तो देखा नहीं है।"

बिराज कुछ देर तक टकटकी लगाए स्वामी के मुंह को देखती रही। एकाएक उसके मन में न जाने क्या विचार आया कि सारे शरीर में कांटे-से उठ आए और वह बार-बार कांप उठी। नीलाम्बर ने देखकर कहा, "यह क्या है रे ?"

बिराज बोली, "ओह ! तारा ! दुर्गा ! दुर्गा ! सांझ के समय ये सब क्या बातें चल पड़ीं ! तुमने संध्या नहीं की ?"

नीलाम्बर बोला, "उठता हूं।"

"हां जाओ। हाथ-पांव धो आओ। मैं इसी कमरे में आसन लगा देती हूं।"

इसके पांच-छ: दिन बाद की बात है। रात के दस बजे नीलाम्बर बिछौने पर आंखें बन्द किए गुड़गुड़ी की नली में मुंह लगाए धूम्रपान कर रहा था। बिराज सारा काम-काज करके सोने से पहले, फर्श पर बैठी एक बड़ा-सा पान लगा रही थी कि एकाएक बोल उठी, "अच्छा जी, शास्त्र की बातें क्या बिलकुल सच हैं ?"

नीलाम्बर ने नली को एक ओर रखकर स्त्री की तरफ मुंह करके

कहा, "शास्त्र की बातें सच नहीं तो क्या झूठ हैं !"

बिराज बोली, "नही,मैं उन्हें मिथ्या नहीं कहती, किन्तु क्या उस जमाने की तरह आज भी वे फलती हैं ?"

नीलाम्बर क्षण-भर सोचकर बोला, "मैं पण्डित तो हूं नहीं बिराज ! सब बातें जानता नहीं, किन्तु मेरे मन में आता है कि जो सत्य है वह तब भी सत्य था और आज भी सत्य है।"

बिराज बोली, "अच्छा, याद करो सावित्री-सत्यवान की कथा। मृत स्वामी को वह यम के हाथ से लौटा लाई थी। यह बात क्या सत्य हो सकती है ?"

नीलाम्बर ने कहा, "क्यों सत्य नहीं हो सकती ? जो उसके समान सती हैं वे निश्चय ही ऐसा कर सकती हैं।"

"तब तो मैं भी कर सकती हूं ?"

नीलाम्बर हंस पड़ा। बोला, "तू क्या उनके जैसी सती है ? वे तो देवता ठहरे।"

बिराज ने पान का डब्बा एक ओर सरकाकर कहा, "भले हों देवता ! सतीत्व में मैं उनसे कम नहीं हूं। मेरे जैसी सती स्त्रियां संसार में और भी हो सकती हैं; किन्तु मन से और ज्ञान से, मुझसे बढ़कर सती कोई और भी है, यह मानने को तैयार नहीं हूं। मैं किसी से तिल-भर कम नहीं हूं–फिर चाहे वे सावित्री हों या और कोई क्यों न हों।"

नीलाम्बर ने जवाब नहीं दिया, उसके मुंह की ओर देखता रहा। बिराज सामने दीपक रखकर पान लगाने बैठी थी, उसके मुंह पर पूरा आलोक पड़ रहा था। उस आलोक में नीलाम्बर ने स्पष्ट देखा कि बिराज की दोनों आंखों से एक दिव्य ज्योति निकल रही है।

नीलाम्बर ने कुछ डरते-डरते कहा, "ऐसा है तो जान पड़ता है तुम भी वैसा कर सकोगी।"

बिराज उठकर आई और झुककर स्वामी के दोनों पैरों में सिर लगा-कर पैताने बैठ गई, फिर बोली, "यह आशीर्वाद दो कि यदि होश संभा-लने के बाद मैंने इन दोनों चरणों के सिवा संसार में और कुछ न जाना हो और यदि यथार्थ सती हूं तो कुसमय में उसी की तरह मैं भी तुम्हें

लौटा सकूं। उसके बाद इन्हीं पैरों पर सिर रखकर मर सकूं जिससे माथे का यह सिन्दूर और चूड़ियां पहने हुए ही चिता पर सो सकूं।"

नीलाम्बर घबराकर उठ बैठा और बोला, "बिराज ! आज तुझे क्या हो गया है ?"

बिराज की दोनों आंखों में आंसू छलछला आए थे। तब भी उसके दोनों होंठों में अत्यन्त मृदु अत्यन्त मधुर मुस्कान फूट पड़ी। बोली, "फिर किसी दिन सुनना; आज नहीं। आज केवल आशीर्वाद दो कि मरते समय मुझे इन दोनों पैरों की धूलि मिले और मैं तुम्हारी गोद में सिर रखे, तुम्हारा मुंह देखते-देखते मर सकूं।"

आगे वह और कुछ न कह सकी; उसका स्वर रुद्ध हो गया।

नीलाम्बर ने डरकर उसे जोर लगाकर छाती के पास खींचकर कहा, "तुझे आज क्या हो गया रे ? किसीने कुछ कहा है क्या ?"

बिराज स्वामी की छाती पर सिर रखकर चुपचाप रोने लगी, जवाब नहीं दिया। नीलाम्बर ने फिर से कहा, "और किसी दिन तो तुमने ऐसा नहीं किया बिराज ! क्या हुआ है, बोल ?"

बिराज ने छिपाकर आंखें पोंछ लीं, किन्तु मुंह नहीं उठाया, वैसे ही पड़े-पड़े मृदु कण्ठ से बोली, "और किसी दिन सुनना।"

नीलाम्बर ने और जोर नहीं दिया। उसी तरह बैठकर उसके बालों में धीरे-धीरे अंगुली फेरते हुए चुपचाप सांत्वना देने लगा। बहिन के विवाह में अपनी क्षमता से बाहर खर्च करके वह कठिनाई में फंस गया था। पहले की सरलता से गृहस्थी चल नहीं पाती थी। फिर दो साल बराबर अकाल पड़ रहा था। कोठे में धान नहीं, तालाब में पानी नहीं, मछली नहीं, केले के बगीचे सूख उठे हैं; नींबू कच्चे ही गिरते जा रहे हैं। उस पर महाजनों के तकाजे शुरू हो गए हैं और पूंटी के ससुर के पास से भी लड़के की पढ़ाई के खर्चे के लिए कड़वी-मीठी चिट्ठियां आने लगी हैं। बिराज को ये सब बातें मालूम न थीं। कितनी ही अप्रीतिकर खबरें नीलाम्बर यत्न करके उससे छिपा रखता था। इस समय वह घबराकर सोचने लगा, जान पड़ता है किसी ने सब बातें बिराज से कह दी हैं।

एकाएक बिराज ऊपर मुंह उठाकर मुस्करा पड़ी और बोली, "एक

बात पूछती हूं, ठीक-ठीक जवाब दोगे ?"

मन ही मन शंकित होकर नीलाम्बर ने कहा, "क्या बात है ?"

बिराज की सारी सुन्दरता में सबसे सुन्दर थी उसके मुंह की हंसी। वही हंसी बिखराती और स्वामी के मुख की ओर देखती बोली, "अच्छा बोलो, मैं काली-कुरूप तो नहीं हूं ?"

नीलाम्बर ने सिर हिलाकर कहां, "नहीं।

"यदि मैं काली-कुरूप होती तो भी क्या मुझे तुम इतना प्यार करते ?"

ऐसा अद्भुत सवाल सुनकर वह चकित हो गया, किन्तु उसकी छाती से एक बड़ा बोझ अकस्मात् हट गया। वह खुश होकर हंसते हुए बोला, "छुटपन से ही मैं एक परम सुन्दरी को प्यार करता आया हूं–तब इस समय मैं कैसे बता सकता हूं कि उसके काली-कुरूप होने पर क्या करता !"

बिराज ने दोनों बांहें स्वामी के गले में डालकर और अपना मुंह और भी पास ले जाकर कहा, "मैं बता दूं कि क्या करते ? वैसी होने पर भी तुम मुझे इसी प्रकार प्यार करते।"

नीलाम्बर चुपचाप उसका मुंह देखता रहा। बिराज बोली, "तुम सोच रहे हो कि मैंने कैसे जान लिया। है न?"

इस बार नीलाम्बर धीरे-धीरे बोला, "हां, ठीक यही सोच रहा हूं कि कैसे जान लिया।"

बिराज स्वामी के कण्ठ से बांहें निकाल उसकी छाती के एक किनारे अपना सिर रखकर लेट गई और ऊपर देखती हुई बोली, "मेरा मन बतला देता है। मैं तुम्हें जितना पहचानती हूं, तुम स्वयं भी अपने को उतना नहीं पहचानते। तभी तो जानती हूं कि मुझे तुम तब भी इसी तरह प्यार करते। जो अन्याय है, जिससे पाप होता है, ऐसा कोई काम तुम कभी नहीं कर सकते। पत्नी को प्यार न करना अन्याय है, इसीसे मैं जानती हूं कि यदि मैं कानी-खोंड़ी होती, तब भी तुम्हारे पास इतना ही आदर पाती।"

नीलाम्बर ने जवाब नहीं दिया। क्षण-भर स्थिर रहकर सहसा हाथ बढ़ाकर और अंगुली से स्वामी की आंखों की कोर टटोलती हुई बिराज बोली, "ये आंसू क्यों ?"

नीलाम्बर ने उसका हाथ हटाकर भरे गले से कहा, "तुमने कैसे जान लिया ?"

बिराज बोली; "कैसे भूल जाते हो कि नो साल की उम्र में मेरा ब्याह हुआ था ? क्यों भूल जाते हो कि तुमको पाने के बाद मैंने अपने को पाया है ? अपने शरीर पर हाथ रखकर भी क्या समझ नहीं पाते कि मैं भी उसी में मिल गई हूं ?"'

नीलाम्बर ने कुछ नहीं कहा। उसकी मुंदी आंखों के कोनों से झर-झर आंसू टपकने लगे। बिराज उठकर बैठ गई और प्रेम के साथ अपने आंचल से उसके आंसू पोंछती हुई भारी स्वर में बोली, "तुम चिन्तित मत हो, मां मरते समय पूंटी को तुम्हारे हाथ सौंप गई हैं, उसके हित के लिए तुमने जो उचित समझा वही किया है। स्वर्ग में मां हमको आशीर्वाद देंगी। तुम स्वस्थ हो जाओ, ऋणमुक्त हो जाओ–इसमें हमारा सर्वस्व चला जाए तो चला जाने दो।"

नीलाम्बर ने आंखें पोंछते-पोंछते रुद्ध कण्ठ से कहा, "तू जानती नहीं बिराज, कि मैंने क्या किया है। मैंने तुम्हारा···"

बिराज ने बोलने नहीं दिया। मुंह पर हाथ रखकर कहा, "मैं सब कुछ जानती हूं। और कुछ जानूं या न जानूं, पर इतना निश्चय ही जानती हूं कि इस तरह चिन्ता में घुल-घुलकर मैं तुम्हें बीमार न पड़ने दूंगी। नहीं, यह न होगा। जिसका जो ऋण हो, वह चुकाकर निश्चिन्त हो जाओ। उसके बाद सिर पर भगवान है, पांव के नीचे मैं हूं।"

नीलाम्बर गहरी सांस लेकर चुप हो गया।

४

और भी छः महीने बीत गए। हरिमती के विवाह के पहले ही छोटे भाई पीताम्बर ने जमीन-जायदाद का बंटवारा कर लिया था। नीलाम्बर के हिस्से में जो कुछ आया था उसका कुछ तो उसी समय बंधक रखकर रुपये-पैसे का इन्तजाम करना पड़ा था। कहना व्यर्थ है कि विवाह में एक कौड़ी की भी सहायता पीताम्बर ने न की। नीलाम्बर विवाह की शर्त का पालन करने और बहनोई की पढ़ाई का खर्च देने के लिए, जो बच

गया था, उसे भी एक के बाद एक करके गिरवी रखने लगा। इस प्रकार दिन-दिन अपने को कठोर रूप से जकड़ता गया, फंसाता गया; किन्तु ममतावश किसी प्रकार पैतृक सम्पत्ति को एक बार में बेच नहीं सका। आज तीसरे पहर उस मुहल्ले के भोलानाथ मुखर्जी आकर बाकी सूद के लिए कितनी ही कड़ी बातें सुना गए; आड़ में खड़ी-खड़ी बिराज ने वह सब सुना और नीलाम्बर के कोठरी में आते ही वह रसोई घर से निकाल-कर चुपचाप उसके सामने आ खड़ी हुई। उसके मुंह की ओर देखते ही मन ही मन नीलाम्बर घबरा उठा। क्षोभ और अपमान से बिराज की छाती के भीतर जैसे हू-हू आग जल रही थी। किन्तु उस भाव को संयत करके उसने हाथ से खाट की ओर इशारा किया और प्रशान्त गम्भीर स्वर में बोली, "इस जगह बैठो।"

नीलाम्बर के शय्या पर बैठते ही उसके पांव के पास नीचे बैठकर वह बोली, "या तो मुझे ऋणमुक्त करो, नहीं तो तुम्हारे चरण छूकर आज शपथ लूंगी..."

नीलाम्बर ने समझ लिया कि इसने सारी बातें सुन ली हैं; इसलिए बढ़ा भयभीत होकर उसने तुरन्त उसका मुंह अपने हाथ से बन्द कर दिया और खींचकर अपने पास बिठाते हुए स्निग्ध कण्ठ से बोला, "छि: बिराज ! मामूली बातों में इस तरह आत्महारा न हो जाया करो।"

बिराज ने अपने मुंह पर से उसका हाथ हटाकर कहा, "जरा बताओ तो कि यदि इतने पर भी आदमी आत्महारा नहीं होता, तो फिर किससे होता है ?" इसका क्या जवाब दे नीलाम्बर को एकाएक यह नहीं सूझ पड़ा, इसलिए चुप बैठा रहा।

बिराज बोली, "चुप क्यों रह गए ? जवाब दो।"

नीलाम्बर मृदु कण्ठ से बोला, "जवाब देने को कुछ नहीं है बिराज, किन्तु..."

बिराज बाधा देकर बोल उठी, " 'नहीं' और 'किन्तु' से काम नहीं चलेगा। मेरे मकान में आकर खड़ा होकर कोई तुम्हारा अपमान कर जाएगा और मैं अपने कानों से सुनकर उसे सहन कर लूंगी, यह भरोसा हरगिज न रखना। या तो आज इसका कोई उपाय करो, नहीं तो मैं

आत्महत्या करूंगी।"

नीलाम्बर ने डरते-डरते कहा, "एक ही दिन में क्या उपाय करूंगा बिराज ?"

"अच्छा, दो दिन बाद क्या उपाय करोगे; मुझे यह बताओ।"

नीलाम्बर फिर मौन हो गया।

बिराज बोली, "एक असंभव आशा करके अपने को धोखा मत दो, मेरा सर्वनाश न करो। जितने ही दिन बीतते जाएंगे उतने ही तुम इस ऋण के जाल में फंसते जाओगे। तुम्हारी दुहाई, मैं भीख मांगती हूं, तुम्हारे पांव पड़ती हूं, इसी समय जैसे हो, इसका कोई रास्ता निकालो।" कहते-कहते आंसुओं के भार से उसका कण्ठ रुद्ध हो गया। भोला मुखर्जी की बातें उसकी छाती के भीतर शूल के समान चुभने लगीं। नीलाम्बर ने अपने हाथ से उसकी आंखें पोंछकर धीरे-धीरे कहा, "अधीर होने से क्या होगा बिराज ? किसी साल यदि सोलह आना फसल हो गई तो अपनी बारह आना जायदाद छुड़ा सकूंगा, किन्तु बेच देने पर तो फिर वैसा न हो सकेगा, जरा यह तो सोचकर देखो।"

बिराज ने आर्द्र स्वर में कहा, "सोचकर देख लिया है। आने वाले साल में ही सोलह आना फसल हो जाएगी, इसीका क्या ठिकाना है? उस पर सूद है, लोगों के तगादे हैं। मैं सब सह सकती हूं, किन्तु तुम्हारा अपमान तो नहीं सह सकती।"

नीलाम्बर स्वयं भी यह बात अच्छी तरह जानता था, इसलिए उसकी बात का जवाब नहीं दे सका। बिराज ने फिर कहा, "किन्तु क्या यही मेरा समग्र दुःख है ? दिन-रात चिन्ता कर-करके तुम मेरी आंखों के सामने सूखते चले जा रहे हो, यह सोने की मूर्ति काली होती जा रही है। अच्छा, मेरी देह छूकर तुम बोलो कि क्या इसे सहने की ताकत मुझमें है ? योगेन की पढ़ाई का खर्च अभी और कितने दिन तक देना होगा ?"

"एक साल और। उसके बाद वह डाक्टर हो जाएगा।"

बिराज एक क्षण स्थिर होकर बोली, "पूंटी को इतना बड़ा किया है, वह राजरानी हो; किन्तु यदि जानती कि उसके हाथ से हमें इतना दुःख मिलेगा तो छुटपन में ही उसे नदी में बहा देती, अपने ही सिर पर इस

प्रकार वज्र प्रहार न करती। हे भगवान ! वे लोग बड़े आदमी हैं, उन्हें कोई कष्ट, कोई अभाव नहीं है, तब भी जोंक की तरह हमारी छाती का खून पीने में उन्हें जरा भी दया-माया नहीं होती !" इतना कहकर एक सांस बाहर फेंककर स्तब्ध-सी हो रही। बहुत देर तक चुप रहने के बाद मुंह उठाकर धीरे-धीरे बोली, "चारों ओर अभाव है, चारों ओर अकाल है, गरीब-दुखिया लोग अभी से उपवास करने लगे हैं, कोई-कोई एक समय ही खाकर रह जाते हैं। ऐसे बुरे समय में भी हम दूसरे के लड़के का बोझ क्यों उठाएंगे ? पूंटी के ससुर को कोई अभाव नहीं है, वे बड़े आदमी हैं; वे यदि स्वयं अपने लड़के को नहीं पढ़ा सकते तो हम कैसे पढ़ा सकते हैं ? खैर, जो हो गया, अब तुम और उधार न ले सकोगे।"

बड़े कष्ट से अपने होंठों पर सूखी हंसी लाकर नीलाम्बर ने कहा, "सब समझता हूं बिराज; किन्तु शालिग्राम को सामने रखकर शपथ जो ली है, क्या होगा ?"

बिराज ने तुरन्त जवाब दिया, "कुछ नहीं होगा। शालिग्राम यदि सच्चे देवता हैं तो वे हमारा कष्ट समझेंगे। फिर मैं भी तो तुम्हारा आधा भाग हूं, यदि किसी बात से पाप होगा तो मैं उसे अपने सिर पर लेकर जन्म-जन्म तक नरक भोगूंगी; तुम्हारे लिए कोई भय नहीं है; तुम अब और ऋण न लेना।"

धर्मप्राण स्वामी के अन्तर में जो निदारुण दुःख था, उसका जरा भी अंश उसके लिए अज्ञात नहीं था, किन्तु अब वह और नहीं सह सकती थी। सचमुच ही स्वामी उसके सर्वस्व थे। उसी स्वामी के चिंतित, सूखे, अव-सन्न मुख को रात-दिन देखते हुए उसकी छाती फटती थी। इतनी देर तक किसी प्रकार अपनी रुलाई को दबाकर वह बात कर रही थी, किन्तु अब दबा न सकी। तेजी से स्वामी की छाती में मुंह छिपाकर फूट-फूटकर रो पड़ी।

नीलाम्बर अपना दाहिना हाथ बिराज के माथे पर रख चुप और निश्चल बैठा रहा। बहुत देर तक रो लेने के बाद उसके दुःख की दुस्सह तीव्रता कुछ कम हुई, तब वह उसी प्रकार मुंह छिपाए रोते-रोते बोली, "जहां तक सोच पाती हूं, बचपन से कभी तुम्हारे मुंह को इस तरह सूखा

नहीं देखा, कभी तुम्हें मुंह लटकाए नहीं पाया, किन्तु आज तुम्हारी ओर देखते ही मेरी छाती में रावण की चिता जल उठी है। तुम अपनी तरफ न देखो, मेरी तरफ तो एक बार देखो। क्या सचमुच। अन्त में मुझे रास्ते की भिखारिन बनाकर छोड़ोगे ? और क्या तुमसे यह सहा जाएगा ?"

फिर भी नीलाम्बर चुप रहा, उत्तर न दे सका, केवल उदासीन भाव से उसके बालों में अंगुलियां फेरने लगा।

इसी समय दरवाजे के बाहर से पुरानी नौकरानी सुन्दरी ने पुकारा, "बहू मां ! चूल्हा जला दूं क्या ?"

बिराज हड़बड़ाकर उठ बैठी और आंचल से आंखें पोंछकर बाहर आ खड़ी हुई। सुन्दरी ने पूछा, "चूल्हा जला दू ?"

बिराज अस्पष्ट स्वर में बोली, "जला दे। मैं तो कुछ खाऊंगी नहीं पर तुम लोगों के लिए कुछ बनाना पड़ेगा।"

नौकरानी ने तेज गले से नीलाम्बर को सुनाते हुए कहा, "बहू मां ! क्या तुमने रात का खाना बिलकुल ही छोड़ दिया ? न खा-खाकर बिल-कुल आधी तो रह गई हो !"

बिराज उसका हाथ पकड़कर खींचती हुई रसोई घर में ले गई।

जलते चूल्हे का आलोक बिराज के मुंह पर पड़ रहा था। थोड़ी दूर पर बैठी सुन्दरी उसे एकटक निहार रही थी। एकाएक वह बोल उठी, "सच कहती हूं बहू मां ! तुम्हारे जैसा रूप मैंने मनुष्य में कहीं नहीं देखा। ऐसा रूप तो राजा-रजवाड़ों में भी नहीं है।"

उसकी ओर मुंह फिराकर बिराज ने कुछ खीजकर कहा, "तू राजा-रजवाड़ों के घर की भी खबर रखती है ?"

सुन्दरी की उम्र पैंतीस-छत्तीस की होगी। एक समय रूपसी के रूप में उसकी भी ख्याति थी और वह ख्याति आज भी पूरी तरह लुप्त नहीं हुई है। वह कहती कि उसे याद नहीं कि कब उसका ब्याह हुआ और कब वह विधवा हो गई, किन्तु सधवा के सौभाग्य से पूर्णतः वंचित कभी नहीं हुई। उसके गांव कृष्णपुर में उसकी यह सुकीर्ति भी फैल गई है। इस समय हंसकर बोली, "बहू मां ! राजा-रजवाड़ों की कुछ खबर तो रखती ही हूं। न रखती तो उसी दिन झाड़ू से पिटाई न कर देती ?"

अब बिराज सचमुच खीज गई। बोली, "सुन्दरी ! तू जब-तब यह बात क्यों सुनाया करती है ? जिससे उसे खुशी हुई, कहा। इसके लिए झाड़ू क्यों मारती है ? और फिर मुझे ही क्यों व्यर्थ सुनाती है ? वे क्रोधी आदमी हैं ; सुनेंगे तो क्या कहेंगे, बोल।"

सुन्दरी अप्रतिभ होकर बोली, "मां ! बाबू सुन ही कैसे पाएंगे ? यह भी कोई बात है ?"

"बात में बात तो नहीं है इसे क्या तू मुझे समझाएगी ? इसके सिवा जो बात होकर समाप्त हो गई, उसे फिर से छेड़ने की जरूरत ही क्या है ?"

सुन्दरी तुरन्त बोल उठी, "कहां समाप्त हो गई बहू मां ! कल भी तो मुझे बुला ले जाकर···"

बिराज कुध होकर बोली, "तू गई क्यों ? मेरे यहां नौकरी करेगी और जो कोई बुलाएगा, उसके पास दौड़ जाएगी? तूने ही कहा था न कि उस दिन वे सब कलकत्ता चले गए ?"

सुन्दरी बोली, "बहू मां ! सच ही कहा था। दो मास पहले चले गए थे, किन्तु फिर देखती हूं कि सब आ गए हैं। और मेरे जाने की बात जो कहती हो, सो पियादा बुलाने आता है, नहीं कैसे कह दूं ? वे इस मुल्क के जमींदार हैं, हम लोग दुःखी प्रजा हैं। किसके भरोसे पर उनका हुक्म अमान्य करूं ?"

बिराज ने कुछ देर उसकी ओर देखकर कहा, "वे क्या इस मुल्क के जमींदार हैं ?"

सुन्दरी हंसकर बोली, "हां, बहू मां। यह महल उन्होंने ही खरीदा है– तम्बू में ठहरे हैं। सच कहती हूं, राजपुत्र तो राजपुत्र ही होता है। कैसी आंखें हैं !"

बिराज सहसा रोककर बोली, "बस चुप हो। यह सब मैं तुझसे नहीं पूछ रही हूं; तुझसे क्या कहा, उतना ही बता।"

इस बार सुन्दरी मन ही मन विरक्त हुई, किन्तु अपने मनोभाव को दबाकर क्षुब्ध स्वर में बोली, "और क्या कहेंगे मां ! केवल तुम्हारी ही बात करते हैं।" बिराज 'हूं' करके चुप हो रही।

इस जगह बात जरा समझाकर कहनी होगी। दो साल पहले इस महाल को कलकत्ता के एक जमींदार ने खरीदा था। उसका छोटा लड़का राजेन्द्रकुमार अत्यन्त दुराचारी और उदृण्ड हैं। उसके पिता उसे काम-काज सिखाने और संयत करने के उद्देश्य से तथा खास तौर पर कलकत्ता से बाहर रहने के लिए, पास के किसी स्थान में भेजना चाहते थे। गत वर्ष वह यहां आया। कायदे से कचहरी का मकान न होने के कारण, सप्त-ग्राम के उस पार ग्रांड टंक रोड के किनारे एक आम के बगीचे में तम्बू डालकर रहने लगा। आने के बाद कभी एक दिन के लिए भी काम-काज के पास नहीं फटका। चिड़ियों का शिकार करने में उसकी खूब रुचि थी; ह्विस्की का फ्लास्क पीठ पर लटकाए, बन्दूक और चार-पांच कुत्ते लिए सारा दिन नदी के किनारे-किनारे चिड़ियों को मारता फिरता था। इसी हालत में छ: महीने पहले, एक दिन संध्या के समय, गोधूलि की स्वर्णाभा से मण्डित, सिक्तवसना बिराज पर उसकी आंख गड़ गई। बिराज का यह घाट चारों ओर बड़े-बड़े वृक्षों से घिरा होने के कारण किसी ओर से दिखाई नहीं पड़ता था। नि:शंक चित्त से नहा-धोकर और भरा घड़ा ले-कर जैसे ही बिराज ने ऊपर की ओर आंखें कीं कि इस अपरिचित से उसकी दृष्टि मिल गई। राजेन्द्र पक्षियों को खोजते हुए इस तरफ आ गया था। उसने थोड़ी ही दूर पर स्थित समाधिस्तूप के ऊपर से खड़े हो-कर बिराज को देखा। मनुष्य में इतना रूप हो सकता है, इस बात पर सहसा उसे विश्वास नहीं हुआ। किन्तु वह अपनी आंखें हटा नहीं सका। अपलक दृष्टि से, चित्रलिखित की भांति, उस अतुल, अपरिसीम रूप-राशि का मग्न होकर पान करने लगा। बिराज किसी तरह भीगे कपड़ों से लज्जा-निवारण करके तेजी से घर लौट पड़ी। राजेन्द्र स्तब्ध की भांति कुछ देर तक वहीं खड़ा रहकर धीरे-धीरे चला गया। वह यही सोचते-सोचते रह गया कि ऐसा रूप-दर्शन कैसे सम्भव हुआ ? इस जंगल से घिरे स्थान में, इस भद्ररसमाज-परित्यक्त छोटे गांव में इतना रूप कैसे और कहां से आ गया ? इस अदृष्टपूर्व सौंदर्यमयी का परिचय भी, खोज करके, उसने उसी रात पा लिया। तभी से इस एक चिन्ता को छोड़ और दूसरी सब चिन्ताएं भूल गया। इसके बाद और भी दो बार बिराज की आंखों

से उसकी आंखें मिलने का अवसर आया।

उस दिन बिराज ने घर पहुंचते ही सुन्दरी को पुकारकर कहा, "सुन्दरी, जरा घाट पर तो जा एक आदमी पीरस्थान के ऊपर खड़ा है, उसे मना कर दे कि आज से फिर हमारी बगिया में पैर न रखे।"

सुन्दरी मना करने आई, परन्तु निकट जाकर हतबुद्धि होकर बोली, "बाबूजी, आप ?"

राजेन्द्र ने सुन्दरी के मुंह की ओर देखकर पूछा, "तुम मुझे पहचानतीं नहीं क्या?"

सुन्दरीं ब्रोली, "आपको भला कौन नहीं पहचानता !"

"जानती हो, मैं कहां रहता हूं ?"

सुन्दरी ने कहा, "जानती हूं।"

राजेन्द्र बोला, "क्या आज वहां एक बार आ सकती हो ?"

सुन्दरी ने लज्जा-भरी हंसी के साथ मुंह झुकाकर धीरे-धीरे पूछा, "किसलिए बाबू ?"

"जरूरत है, आना !" कहकर राजेन्द्र कंधे पर बन्दूक रखे चला गया।

इसके बाद छिपकर सुन्दरी कितनी ही बार निभृत निशीथ में उस पार जमींदार की कचहरी में गई है, कितनी ही बातें की हैं; किन्तु वहां से लौटकर एकाध संकेत के सिवा बिराज से और कुछ कहने का साहस उसे नहीं हुआ है। सुन्दरी अबोध नहीं थी; वह बिराज बहू को पहचानती थी। वह अच्छी तरह जानती थी कि बाहर से यह बहू चाहे कितनी मधुर और कोमल दिखाई दे, उसकी भीतरी प्रकृति वज्र एवं पत्थर की भांति कठिन है। बिराज की देह में एक और चीज थी, उसका अपरिमेय साहस। आदमी हो, सांप-बिच्छू हो, भूत-प्रेत ही क्यों न हो, भय किसे कहते हैं, इसे वह बिलकुल ही न जानती थी। कुछ इस कारण से भी सुन्दरी इतने दिनों से बिराज के सामने मुंह न खोल सकी थी।

बिराज चूल्हे में लकड़ी लगाकर सुन्दरी की ओर देखती हुई बोली, "अच्छा सुन्दरी ! तू तो कितनी ही बार उस जगह गई-आई है, बहुतेरी बातें भी की हैं, किन्तु मुझे तो तूने एक बात भी नहीं बताई !"

सुन्दरी पहले तो हतबुद्धि हो गई, किन्तु दूसरे ही क्षण अपने को संभालकर बोली, "बहू मां ! तुमसे किसने कहा कि मैं अनेक बातें कर आई हूं ?"

बिराज बोली, 'किसीने नहीं कहा; मैं स्वयं ही जानती हूं। मेरी खोपड़ी के पीछे और भी दो आंख-कान हैं। बोल, कल कितने रुपये तुझे बख्शीश में मिले हैं? दस रुपये ?"

सुन्दरी विस्मय से अवाक् हो गई। उसके मुंह पर एक पीली छाया पड़ गई; चूल्हे के अस्पष्ट आलोक में भी बिराज ने उसे देख लिया और यह भी समझ लिया कि खोजने पर भी सुन्दरी को कोई उत्तर नहीं सूझ रहा है। जरा हंसकर बोली, "सुन्दरी ! तेरी छाती इतनी चौड़ी नहीं कि तू मेरे सामने मुंह खोलने का साहस कर सके। किन्तु तू क्यों आ-जाकर और रुपये लेकर अन्त में बड़े आदमी के क्रोध में पड़ना चाहती है ? कल से इस घर में पैर न रखना। तेरे हाथों का पानी पांव पर डालने में भी मुझे घृणा लगती है। इतने दिनों तक तेरी सब बातें नहीं जानती थी, दो दिन पहले वे सब बातें भी सुन ली हैं। जा, तेरे आंचल में जो दस रुपये का नोट बंधा है, उसे लौटा आ। तू दुखिया है, कहीं काम-धन्धा करके मुजारा कर ले। अपनी उम्र में जो कर चुकी है वह तो अब लौट नहीं सकता, किन्तु और पांच आदमियों का सर्वनाश न कर।"

सुन्दरी कुछ बोलना चाहती थी, किन्तु उसकी जीभ मुख में ही अकड़-कर रह गई। बिराज ने यह भी देख लिया। देखकर बोली, "झूठ बात कहने से अब क्या होगा ? ये सब बातें मैं किसीसे न कहूंगी। पहले मैं नहीं जानती थी कि तेरे आंचल में बंधा यह कहां से आया, किन्तु इस समय सब समझ गई हूं। जा, आज से मैंने तुझे जवाब दे दिया, कल से मेरे घर में प्रवेश न करना।"

यह क्या बात हो गई ? निदारुण आश्चर्य से सुन्दरी वाकशून्य होकर बैठी रही। इस घर से उसका काम छूट गया, यह असंभव बात उसके मन में किसी तरह बैठती न थी। वह बहुत दिनों की दासी है। उसने बिराज का ब्याह देखा है। हरिमती को पालकर बड़ा किया है, गृहिणी के साथ तीर्थदर्शन कर आई है। वह भी इस घर का एक प्राणी है। उसीको आज

बिराज बहू ने घर में प्रवेश करने से मना कर दिया। क्षोभ और अभिमान से उसका गला भर आया। एक क्षण में कितनी ही प्रकार की जवाब-देही, कितनी ही प्रकार की बातें उसकी जबान पर आईं, किन्तु उसके मुंह से शब्द न निकले और वह विह्वल की भांति देखती रह गई।

बिराज ने मन ही मन सब समझा, किन्तु वह भी कुछ न बोली। मुख फेरने पर देखा कि बटलोई का पानी कम हो गया है। थोड़ी ही दूर पर पीतल की एक कलसी में पानी भरा हुआ था। लोटा लिए उसके पास तक गई, किन्तु न जाने क्या सोचकर एक क्षण स्थिर खड़ी रही, फिर लोटा वहीं रख दिया और कहा, "नहीं, तेरे हाथ का जल छूने से भी उनका अकल्याण होगा। तूने इसी हाथ से रुपये लिए हैं।"

सुन्दरी इस तिरस्कार का उत्तर न दे सकी।

बिराज ने एक और दीपक जलाया और कलसी लेकर रात्रि के उस सूचीभेद्य अन्धकार में आम के बगीचे के बीच से होकर नदी से जल लेने चली गई। बिराज चली गई; एक बार सुन्दरी के मन में आया कि वह भी उसके पीछे-पीछे जाए किन्तु अंधेरे में वह संकरा जंगली मार्ग, चहार-दीवारी, सप्तग्राम के जाने-अनजाने समाधिस्तूप, वह पुराना वटवृक्ष—वे सब दृश्य उसके मन में आते ही सिर से पैर तक सारा शरीर कण्टकित होकर सिहर उठा। अस्फुट स्वर में 'मैया री !' कहकर सुन्न-सी वह वहीं बैठी रह गई।

६

बंटवारा होने के दो-चार दिन बाद ही छोटे भाई पीताम्बर ने मकान के बीच से चटाई ओर बांसों की टट्टी लगाकर अपने हिस्से को अलग कर लिया था। दक्षिण की तरफ दरवाजा फोड़कर, उसके सामने एक छोटा-सा बैठकखाना बनवाकर तथा अपने हिस्से को सजाकर वह बड़े आराम से रह रहा था। वह बड़े भाई के साथ कभी ज्यादा बोलता-चालता नहीं था; अब तो सब सम्बन्ध बिलकुल ही टूट गए थे। इसलिए बिराज को सारा दिन प्राय: अकेले ही रहकर बिताना पड़ता था। किन्तु सुन्दरी चली गई, तब से सारे काम-काज उसे ही करने पड़ते थे; इसके अलावा भी

बहुतेरे ऐसे काम थे जिन्हें पहले दासी कर दिया करती थी, अब उन्हें लोक-लज्जा-वश बिराज को एकान्त में करना पड़ता था; इसलिए अक्सर उसे ज्यादा रात तक जागना पड़ता था। एक दिन इसी तरह काम कर रही थी कि एकाएक उस घर से टट्टी की सांध से किसी ने मृदु कण्ठ से पुकारा, "दीदी ! रात तो ज्यादा हो गई है।

बिराज ने चौंककर सिर उठाया। जिसने पुकारा था, उसने वैसी ही मीठी आवाज में फिर कहा, "दीदी, मैं मोहिनी हूं।"

बिराज ने आश्चर्य से भरकर कहा, "कौन, छोटी बहू ! इतनी रात को ?"

"हां दीदी, मैं ही हूं, जरा पास आओ

"बिराज के टट्टी के पास आने पर छोटी बहू धीरे-धीरे बोली,"दीदी, जेठजी क्या सो गए ?"

बिराज ने कहा, "हां"

मोहिनी बोली, "दीदी, एक बात है, किन्तु कह नहीं पाती हूं।" इतना कहकर वह चुप हो गई।

बिराज ने उसके कण्ठस्वर से समझ लिया कि छोटी बहू रो रही है। उसने चिन्तित होकर पूछा, "क्या हुआ है छोटी बहू ?"

छोटी बहू तुरन्त जवाब न दे सकी, मालूम हुआ, वह आंचल से आंख पोंछ रही और अपने को संभाल रही है। बिराज ने उद्विग्न होकर पूछा, "क्या बात है छोटी बहू ?"

इस बार वह भर्राए गले से बोली, "जेठजी के नाम नालिश हुई है, कल शायद सम्मन निकलेगा। अब क्या होगा दीदी ?"

बिराज डर गई, किन्तु अपने मन का भाव छिपाकर बोली, "सम्मन निकलेगा, तो इसमें भय की बात क्या है छोटी बहू !"

"भय नहीं है दीदी ?"

बिराज ने कहा, "भय क्या है ! किन्तु नालिश किसने की है ?"

छोटी बहू बोली, "भोला मुखर्जी ने।"

बिराज थोडी देर तक स्तंम्भित-सी खड़ी रही, फिर बोली, "हां और कुछ कहने की जरूरत नहीं है। समझ गई। मुखर्जी महाशय का ऋण

उन पर है न; इसलिए जान पड़ता हैं, उसने नालिश कर दी है। किन्तु इसमें भय की बात नहीं है छोटी बहू।" इसके बाद दोनों ही मौन हो गईं। क्षण-भर बाद छोटी बहू ने कहा, "दीदी, मैंने कभी तुमसे मुंह खोलकर ज्यादा बातचीत नहीं की है–बातचीत करने लायक भी नहीं हूं। क्या आज छोटी बहिन की एक बात मानोगी दीदी ?"

उसके कण्ठ-स्वर से बिराज पिघल गई थी, अब और आर्द्र होकर बोली, "क्यों न मानूंगी बहिन !"

"तब जरा हाथ इधर करो।"

बिराज के उधर हाथ बढ़ाते ही एक छोटे कोमल हाथ ने टट्टी की सांध से बाहर आकर उसकी हथेली पर सोने का एक हार रख दिया। बिराज ने चकित होकर कहा, "किसलिए छोटी बहू !"

छोटी बहू ने कण्ठस्वर को और धीमा करके कहा, "बेचकर या बंधक रखकर, जिस तरह भी हो, उसका ऋण चुका दो दीदी !"

इस आकस्मिक, अयाचित और अचिन्त्यपूर्व सहानुभूति से बिराज थोड़ी देर के लिए विह्वल हो गई–कुछ बोल न सकी। किन्तु 'जाती हूं दीदी !' कहकर छोटी बहू को हटते देख तुरन्त पुकार उठी, "जाओ नहीं छोटी बहू ! सुनो।"

छोटी बहू लौट आकर बोली, "क्या है दीदी ?"

बिराज ने उसी सांध से हार को उसकी ओर फेंककर कहा, "छि: ! यह सब नहीं करना चाहिए।"

छोटी बहू ने उसे उठाकर क्षुब्ध स्वर में पूछा, "क्या नहीं करना चाहिए ?"

बिराज बोली, "देवरजी सुनेंगे तो क्या कहेंगे ?"

"किन्तु उन्हें तो कुछ मालूम न होगा।"

"आज नहीं, दो दिन बाद उन्हें मालूम हो ही जाएगा। तब क्या होगा ?"

छोटी बहू बोली, "वे कभी न जान पाएंगे दीदी ! पिछले साल मां ने मरते समय छिपाकर यह हार मुझे दिया था। तब से मैंने इसे कभी नहीं पहना, कभी बाहर नहीं निकाला। दीदी, तुम्हारे पैर पड़ती हूं, इसे तुम

ले लो।"

उसकी कातर विनय सुनकर बिराज की आंखों से आंसू चू पड़े। वह स्तब्ध होकर मन ही मन इस निःसम्पर्कीया–जिससे रक्त-मांस का कोई सम्बन्ध नहीं–रमणी के आचरण के साथ घर के दो सगे भाइयों के आचरण की तुलना करने लगी। फिर हाथ से आंख पोंछकर रुंधे गले से बोली, "आज की बात मृत्यु के क्षण तक मेरे मन में रहेगी बहिन! किंतु मैं इसे ले न सकूंगी। इसके आलावा, छोटी बहू, स्वामी से छिपाकर किसी स्त्री के लिए कोई भी काम करना उचित नहीं है। इससे हम दोनों को ही पाप लगेगा।"

छोटी बहू बोली, "तुम सब बातें नहीं जानतीं, इसीसे ऐसा कहती हो, किन्हु मुझे भी धर्म-अधर्म का विचार है दीदी! मैं ही मरते समय क्या जवाब दूंगी?"

बिराज ने फिर एक बार आंखें पोंछीं और अपने को संयत करके कहा, "मैंने सबको पहचाना था छोटी बहू। एक तुम्हें ही आज तक पहचान न पाई थी। किन्तु तुम्हें मरते समय कोई जवाब न देना पड़ेगा, वह जवाब इस बीच तुम्हारे अन्तर्यामी ने स्वयं ही लिख लिया है। जाओ, रात ज्यादा हो गई है, जाकर सो रहो बहिन।" कहकर जवाब का मौका दिए बिना ही बिराज तेजी से हट गई।

किन्तु वह कमरे में भी न जा सकी। अंधेरे में बरामदे के एक छोर पर आकर आंचल फैलाकर उसी पर लेट रही। नालिश-मुकदमे की बात भूल गई, किन्तु उस स्वल्पभाषिणी छोटी उम्रवाली छोटी बहू की करुणा-भरी बातें याद कर-करके झरने की तरह उसके नयनों से निरन्तर आंसू उमड़कर गिरने लगे। आज सबसे ज्यादा दुःख उसे इस बात का होने लगा कि इतने दिन उसके पास रहकर भी वह उसे पहचान नहीं सकी, पहचानने की चेष्टा तक नहीं की, पीठ पीछे उसकी निन्दा न करने पर भी उसके लिए अच्छी बात नहीं की, प्रशंसा नहीं की। तेज बिजली का आलोक जिस प्रकार एक क्षण में अंधकार को चीर फेंकता है, उसी प्रकार आज छोटी बहू उसके हृदय के अंतरतम भाग तक को चीर गई है। सोचते-सोचते और रोते-रोते न जाने कब वह सो गई। एकाएक किसी का हाथ लगने से हड़बड़ा-

कर उठ बैठी और देखा, नीलाम्बर आकर उसके सिरहाने बैठा हुआ है। नीलाम्बर ने संक्षेप में कहा, "कमरे में चलो, रात-खत्म हो चली है।"

बिराज बिना कुछ कहे स्वामी का सहारा लेकर चुपचाप कमरे में आ निर्जीव की भांति सो रही।

६

एक साल बीत गया। इस साल दो आना फसल भी नहीं हुई। जिस जमीन से प्राय: साल-भर का भरण-पोषण हो जाता था, उसका अधिकांश तो उस मुहल्ले के मुखर्जी महाशय ने खरीद लिया है; घर तक बन्धक हो गया है; यह भी मालूम हो गया है कि छोटे भाई पीताम्बर ने ही उसे गुप्त रूप से अपने नाम लिखवा लिया है। हल में जोतने का एक बैल मर गया है, तालाब प्रखर धूप से फट गया है। बिराज को किसी ओर कूल-किनारा दिखाई नहीं पड़ रहा है। किसी अंग को बहुत दिनों तक बांधकर रखने से एक असह्यय किन्तु अव्यक्त मन्द यातना से जैसे सारी देह धीरे-धीरे सुन्न पड़ जाती है, अब सारे संसार से उसका वैसा ही सम्बन्ध हो गया था। पहले वह कभी-कभी हंस लेती थी, कोई बात निकालकर मजाक भी कर लेती थी, किन्तु अब घर में कोई आदमी न था, जिससे बात करे। यदि कोई मिलने आता और उसका हालचाल पूछता, तो भी भीतर ही भीतर वह खीज उठती। स्वभाव से ही अभिमानिनी होने के कारण टोले-मुहल्ले के लोगों की साधारण बात से भी बिगड़ जाती है। घर-गृहस्थी के किसी काम में अब उसे जरा उत्साह नहीं होता, यह उसके कामों की ओर दृष्टि डालते ही मालूम हो जाता है। उसके कमरे की शय्या गन्दी पड़ी रहती है, अलगनी पर कपड़े अस्त-व्यस्त पड़े रहते हैं,सब चीजें इधर-उधर फैली पड़ी रहती हैं। झाड़ू देने के बाद कूड़ा कोने में ही पड़ा रह जाता है, बाहर फेंकने तक की शक्ति जैसे उसे अपने अन्दर अनुभव नहीं होती। किसी तरह दिन कट रहे हैं। इस बीच नीलाम्बर अपनी छोटी बहिन हरिमति को दो बार ले आने की चेष्टा कर चुका है, किन्तु उन लोगों ने नहीं भेजा। पन्द्रह दिन पहले उसने-एक पत्र लिखा था। हरिमती के ससुर ने जवाब तक नहीं दिया। बिराज के आगे तो उसका नाम तक नहीं

लिया जा सकता, क्योंकि वह एकदम आग की तरह जल उठती है। उसने पूंटी को इतना बड़ा किया है, मां की तरह उसे प्यार किया है, किन्तु आज उसका नाम तक उसके लिए विष हो गया है।

आज सुबह नीलाम्बर गांव के पोस्ट आफिस से सूखा मुंह लिए घर लौट आकर बोला, "पूंटी के ससुर ने जवाब तक नहीं दिया। जान पड़ता है, इस पूजा में भी बहिन को देख न पाऊंगा।"

बिराज ने काम करते-करते एक बार सिर उठाकर देखा, कुछ कहना चाहा, किन्तु कुछ न कहकर वहां से उठ गई।

उस दिन दोपहर को भोजन करते समय नीलाम्बर ने धीरे-धीरे कहा, "उसका नाम लेते ही तुम जल उठती हो ! किन्तु उसने क्या अपराध किया है ?"

बिराज थोड़ी ही दूर पर बैठी थी। आंख उठाकर बोली, "किसने कहा कि मैं जल उठती हूं ?"

"और कौन कहेगा ! मैं खुद ही देखता हूं।"

कुछ देर तक स्वामी के मुख की ओर देखते रहकर बिराज बोली, "देखते हो तो अच्छा ही है।" इतना कहकर वह उठी और जाने लगी। नीलाम्बर ने पुकारकर कहा, "अच्छा, आजकल तुम ऐसी क्यों होती जा रही हो ? क्या एकदम बदल गई हो ?"

बिराज लौटकर खड़ी हो गई और नीलाम्बर की बात को ध्यान से सुनकर बोली, "बदल आने पर बदलना ही पड़ता है।" इतना कहकर वह बाहर चली गई।

इसके दो दिन बाद तीसरे पहर बाहरी चण्डीमण्डप में अकेला बैठा नीलाम्बर कुछ गुनगुना रहा था। बिराज आकर कुछ देर चुपचाप पीछे की तरफ खड़ी रही। फिर सामने आ गई। नीलाम्बर मुंह उठाकर बोल, "क्या है ?"

बिराज तीक्ष्ण दृष्टि से देखती रही, जवाब नहीं दिया। नीलाम्बर के सिर झुकाते ही बिराज रूखे स्वर में बोली, "जरा एक बार मुंह ऊपर करो, देखूं तो !" नीलाम्बर ने मुंह भी नहीं उठाया, जवाब भी नहीं दिया, चुप हो रहा।

बिराज पहले की तरह कठोर भाव से बोली, "यह बात है ? आंखें खूब लाल हो गई हैं। क्या गांजा फिर शुरू कर दिया ?"

नीलाम्बर ने कोई बात नहीं की। डरकर आंखें नीची किए, काठ की मूर्ति की भांति बैठा रहा। वैसे तो सदा ही वह बिराज से डरता आया है, फिर इधर कुछ दिनों से तो वह उत्तप्त बारूद की भांति हो गई है। यह जानने का भी कोई गौं नहीं था कि वह कब-कैसे भभक उठेगी।

बिराज ने कुछ देर स्थिर खड़े रहने के बाद कहा, "यह ठीक है। गांजा पीकर बमभोला बनकर बैठ जाने का यही तो समय है।" इतना कहकर वह मकान के अन्दर चली गई। वह दिन बीत गया। उसके बाद वाले दिन नीलाम्बर से और रहा नहीं गया। लाज-संकोच छोड़कर सवेरे ही पीताम्बर को बाहर के कमरे में बुलाकर कहा, "पूंटी के ससुर ने तो जवाब तक नहीं दिया। न हो, तुम भी एक बार चेष्टा करके देख लो, शायद दो दिन के लिए बहिन को घर ला सको।"

पीताम्बर, दादा के मुंह की ओर देखकर बोला, "तुम्हारे रहते मैं क्या चेष्टा कर सकता हूं ?"

नीलाम्बर उसकी शठता समझकर अन्दर ही अन्दर कुद्ध हुआ। किन्तु उस भाव को यथासाध्य छिपाकर बोला, "जो हो, जैसे वह मेरी बहिन है वैसे ही तुम्हारी भी तो बहिन है। न हो मान लो मैं मर गया हूं और केवल तुम ही अकेले हो।"

पीताम्बर ने कहा, "जो सत्य नहीं है, उसे तुम्हारी तरह मैं नहीं समझ सकता। फिर जब तुम्हारी चिट्ठी का जवाब नहीं दिया तो मेरी का क्यों देने लगे ?"

नीलाम्बर छोटे भाई की इस बात को भी सहकर बोला, "जो सत्य नहीं है वही मैं समझता हूं ! अच्छा, वही सही, इसके लिए मैं तुम्हारे संग झगड़ा नहीं करना चाहता। किन्तु मेरी चिट्ठी का जवाब शायद इस-लिए न दिया हो कि ब्याह की सब शर्तों का पालन मैं नहीं कर सका। किन्तु इन सब बातों के लिए तो मैंने तुम्हें बुलाया नहीं है; इतना ही बताओ कि जो कहता हूं, उसे कर सकोगे या नहीं।"

पीताम्बर ने सिर हिलाकर कहा, "नहीं, ब्याह के पहले मुझसे पूछा

था?"

"पूछने से भी क्या होता है ?"

पीताम्बर बोला, "अच्छी ही सलाह देता।"

नीलाम्बर के मस्तक के अन्दर आग जल उठी। उसके होंठ कांपने लगे। फिर भी उसने अपने को रोककर कहा "तो तुम नहीं कर सकोगे ?"

पीताम्बर बोला, "नहीं। जैसे पूंटी के ससुर वैसे मेरे ससुर; वे गुरु-जन हैं। जब वे भेजना नहीं चाहते तो मैं उनके विरुद्ध कुछ नहीं कह सकता। वैसा स्वभाव मेरा नहीं है।"

उसकी बात सुनकर एक बार तो नीलाम्बर की इच्छा हुई कि लाठी मारकर उसका मुंह तोड़ दे, किन्तु अपने को संभालकर उठ खड़ा हुआ और बोला, "जा, निकल जा मेरे सामने से।"

पीताम्बर भी क्रुद्ध हो गया। बोला, "खामखा गुस्सा क्यों करते हो दादा ? न जाने पर क्या तुम मुझे जबर्दस्ती भगा दोगे ?"

नीलाम्बर ने दरवाजे की तरफ हाथ फैलाकर कहा, "बुढ़ापे में मार खाकर यदि मरना नहीं चाहता तो मेरे सामने से दूर हो जा।"

तथापि पीताम्बर कुछ कहने जा रहा था किन्तु नीलाम्बर ने बाधा देकर कहा, "बस ! अब कोई बात नहीं, चला जा।"

गंवार नीलाम्बर के शरीर की शक्ति प्रसिद्ध थी।

पीताम्बर ने और कोई बात कहने का साहस नहीं किया और धीरे-धीरे बाहर चला गया। गोलमाल सुनकर बिराज बाहर निकल आई और स्वामी का हाथ पकड़कर उन्हें घर में ले जाकर बोली, "छि: ! सब कुछ जान-सुनकर भी भाई के साथ झगड़ा किया जाता है ?"

नीलाम्बर ने उद्धत भाव से जवाब दिया, "जानता हूं तो क्या भय-वश दबता जाऊं? मैं सब सह सकता हूं बिराज, पर धूर्तता नहीं।"

बिराज बोली, "किन्तु तुम तो अकेले नहीं हो, आज अगर वह हाथ पकड़कर बाहर कर दे तो कल जाकर कहां खड़े होंगे, यह भी कभी सोचा है?"

नीलाम्बर ने कहा, "नहीं, जिनको सोचना है वे सोचेंगे। मैं सोचकर

बेमतलब दुखी नहीं होता।"

बिराज ने जवाब दिया, "ठीक ही है! ढोल बजाना और महा-भारत पढ़ना जिसका काम है उसके लिए चिन्ता करना बेकार तो है ही।"

ये बातें बिराज ने मधुरतापूर्वक नहीं कहीं, नीलाम्बर के कान में भी उनसे मधुवर्षा नहीं हुई, फिर भी उसने सहज भाव से कहा, "इसे मैं सबसे बड़ा काम मानता हूं। फिर चिन्ता करने से ही क्या भाग्य का लिखा मिट जाएगा?"

७

मोगरा के बाजार में पीतल के कब्जे बनाने के कई कारखाने थे। इस मुहल्ले के चण्डालों की लड़कियां मिट्टी के सांचे तैयार करके वहां बेच आती थीं। असह्य दुःख की ज्वाला में पड़कर बिराज ने उसकी एक लड़की को बुलाकर उससे सांचे बनाना सीख लिया था। अत्यन्त बुद्धिमती और असाधारण कर्मपदु होने के कारण दो दिनों में ही विद्या में उसकी गति हो गई और सबसे अच्छी चीजें बनाने लगी। व्यापारी आकर नकद मुल्य देकर उससे चीजें ले जाने लगे। इस तरह रोज वह आठ-दस आने कमा लेती थी, किन्तु लज्जावश स्वामी के सामने कभी यह बात प्रकट नहीं कर पाती थी। उनके सो जाने के बाद, बड़ी रात गए, चुपचाप चारपाई से उठकर काम करती थी। आज रात भी उसी प्रकार काम करने आई थी, किन्तु थकावट के कारण न जाने कब वहीं ढुलक पड़ी थी। एकाएक नींद टूट जाने पर नीलाम्बर ने देखा की बिराज चारपाई पर नहीं है, इसलिए वह बाहर आकर खड़ा हो गया। बिराज के हाथ उस समय भी कीचड़ से भरे हुए थे। आस-पास तैयार सांचे फैले हुए थे और उन्हीं के बीच एक ओर गीली मिट्टी के ऊपर पड़ी वह सो रही थी। आज तीन दिन से पति-पत्नी में कोई बातचीत नहीं हुई थी। गरम-गरम आंसुओं से नीलाम्बर की दोनों आंखें भर आईं, परन्तु बैठकर उसने बिराज के जमीन पर लुढ़के सिर को उठाकर सावधानी से अपनी गोद में रख लिया। बिराज को कुछ मालूम नहीं पड़ा, एक बार हिलकर, दोनों पांव मिलाकर और भी अच्छी तरह सो गई। नीलाम्बर ने बायें हाथ से अपनी आंखें पोंछकर

पास रखे टिमटिमाते दीपक को जरा तेज कर दिया और टकटकी लगाकर पत्नी के मुंह की ओर देखने लगा। यह क्या हो गया है ! इतने दिनों से तो उसने देखा नहीं। बिराज की आंखों के कोने काले पड़ गए हैं, भौंहों के ऊपर माथे पर दुश्चिन्ता की रेखाएं स्पष्ट दिखाई देने लगी हैं, एक अबोध्य, अव्यक्त, अपरिसीम वेदना से उसका कलेजा अन्दर ही अन्दर मसोस उठा और असावधानी में उसकी आंखों से एक बड़ी बूंद बिराज की बन्द आंख की पलक पर टप से चू पड़ी। बिराज ने आंख खोलकर देखा। कुछ देर चुपचाप देखती रही, उसके बाद दोनों हाथ फैलाकर स्वामी की छाती से लिपट गई और उसकी गोद में मुंह छिपाकर एवं करवट बदलकर सो रही। नीलाम्बर उसी भाव से बैठा हुआ रोने लगा। बहुत समय बीत गया, कोई न बोला। उसके बाद जब रात थोड़ी रह गई और पूर्वाकाश में धीरे-धीरे सफेदी बढ़ने लगी, तब नीलाम्बर ने अपने को संभाला और स्त्री के सिर पर हाथ रखकर स्नेह-सहित कहा, "अब ज्यादा देर शीत में न रहो बिराज, घर में चलो।"

"चलो।" कहकर बिराज उठ पड़ी और स्वामी का हाथ पकड़कर घर में जाकर सो गई।

सुबह ही नीलाम्बर ने कहा, "जाओ, अपने मामा के यहां कुछ दिन घूम-फिर आंओ। मैं एक बार कलकत्ता हो आता हूं।"

"कलकत्ता जाकर क्या होगा ?"

नीलाम्बर ने कहा, "वहां धनार्जन के कितने ही रास्ते हैं, कोई न कोई उपाय निकल ही आएगा। इसलिए बिराज, कुछ महीने वहां जाकर रहो।"

बिराज ने पूछा, "कितने दिन में मुझे बुला लोगे ?"

नीलाम्बर ने कहा, "छः महीने के अन्दर ही बुला लूंगा; तुम्हें वचन देता हूं।"

"अच्छा !" कहकर बिराज राजी हो गई।

चार-पांच दिनों बाद बैलगाड़ी आ गई। मामा के यहां जाने में आठ-दस कोस जमीन बैलगाड़ी से ही तय करनी पड़ती है। किन्तु बिराज के व्यवहार में यात्रा पर जाने का कोई लक्षण दिखाई नहीं दिया।

नीलाम्बर खीजने लगा, ताकीद करने लगा।

बिराज काम करते-करते कह बैठी, "आज तो मैं जाऊंगी नहीं, मेरी तबीयत ठीक नहीं है।"

नीलाम्बर अवाक् होकर बोला, "तबीयत खराब है ?"

बिराज बोली, "हां, खराब है, बहुत ज्यादा खराब है !" इतना कहकर मुंह लटकाए हुए, वह पीतल की कलसी कमर पर रखकर नदी से पानी लेने चली गई। उस दिन गाड़ी लौट गई। रात को बहुत मनाने-समझाने पर दो दिन बाद जाने के लिए राजी हुई। दो दिन बाद फिर गाड़ी आई।

नीलाम्बर के खबर देते ही बिराज बिल्कुल बदल गई, "नहीं, मैं कभी न जाऊंगी।"

नीलाम्बर और अधिक आश्चर्य से भरकर बोला, "क्यों न जाओगी ?"

बिराज रो पड़ी, "नहीं, मैं नहीं जाऊंगी। मेरे पास गहने कहां हैं, अच्छे कपड़े कहां हैं ? मैं दीन-दुखी की तरह हर्गिज नहीं जाऊंगी।"

नीलाम्बर ने क्रोधपूर्वक कहा, "यह सच है कि आज तेरे पास गहने नहीं हैं, किन्तु-जब थे तब भी एक दिन उनकी ओर नहीं देखा !"

बिराज चुपचाप आंचल से आंसू पोंछने लगी। नीलाम्बर ने फिर कहा, "तेरा छल मैं समझता हूं। मेरे मन में सन्देह तो था, परन्तु सोचता हूं कि दुख-कष्ट में पड़कर तुझे होश आ गया होगा, अब देखता हूं कि कुछ भी नहीं हुआ। अच्छा, तू भी सूखकर मर, मैं भी मरूं !" कहकर नीलाम्बर ने गाड़ी लौटा दी।

दोपहर के समय नीलाम्बर घर के भीतर सो रहा था, पीताम्बर अपने काम पर गया हुआ था। छोटी बहू ने टट्टी की सांध से मृदु स्वर में पुकार कर कहा, "दीदी ! अपराध क्षमा कर देना, मैं तुम्हें भला क्या समझाने लायक हूं, किन्तु दो दिन के लिए चली क्यों न गईं ?"

बिराज चुप रही। छोटी बहू बोली, "उन्हें बांधकर न रखो जीजी ! विपत्ति के दिनों में एक बार छाती कड़ी कर लो, दो दिन में भगवान सिर ऊंचा कर देंगे।"

बिराज धीरे-धीरे बोली, “मैंने तो छाती पत्थर की कर ही रखी है छोटी बहू।”

छोटी बहू ने जोर देकर कहा, “तब जाओ जीजी, उन्हें पुरुष की तरह उपार्जन करने दो। मैं कहती हूं, दो दिन में भगवान तुम पर अवश्य प्रसन्न होंगे।”

बिराज ने एक बार मुंह ऊपर किया जैसे कोई बात कहना चाहती हो, परन्तु फिर सिर झुकाकर खड़ी रही।

छोटी बहू बोली, “न जा सकोगी जीजी ?”

इस बार बिराज सिर हिलाकर बोली, “नहीं। नींद से उठकर उनका मुंह देखे बिना मैं एक दिन भी न काट सकूंगी। जो मैं कर नहीं सकती छोटी बहू, वह काम करने के लिए मुझसे मत कहो।” इतना कहकर चलने को हुई कि छोटी बहू ने एकाएक रोती-सी आवाज में पुकारकर कहा, “जाओ न जीजी ! तुम्हें कुछ दिनों के लिए यहां से जाना ही होगा। तुम्हारे गए बिना मैं किसी तरह न मानूंगी।”

बिराज लौटकर खड़ी हो गई। एक क्षण स्थिर रहकर बोली, “ओह, समझ गई, जान पड़ता है, सुन्दरी आई थी।”

छोटी बहू ने सिर हिलाकर कहा, “आई थी।”

“इसीसे चली जाने को कह रही हो।”

“हां, इसीसे कहती हूं जीजी ! तुम यहां से चली जाओ।”

बिराज कुछ देर तक फिर चुप रही। उसके बाद बोली, “एक कुत्ते के डर से घर छोड़कर चली जाऊं ?”

छोटी बहू बोली, “कुत्ते के पागल हो जाने पर उससे भय करना ही पड़ता है जीजी। फिर इस बात को छोड़कर भी देखो, सिर्फ तुम्हारे ही लिए नहीं, इस बात से और भी कितना अनिष्ट हो सकता है।”

बिराज फिर कुछ देर तक चुप रही। इसके बाद उद्धत भाव से मुंह ऊपर करके बोली, “नहीं किसी तरह न जाऊंगी।” इतना कहकर छोटी बहू को प्रत्युत्तर देने का मौका दिए बिना तेजी से चली गई। किन्तु उसे जैसे डर लगने लगा। दो दिन से उसके घाट के ठीक उस पार, बड़े आडम्बर के साथ, नहाने के लिए एक घाट और नदी में पानी न रहने पर

भी मछली पकड़ने के लिए एक मचान बांधा जा रहा है। बिराज मन ही मन समझ गई कि यह सब क्यों हो रहा है। नीलाम्बर ने भी एक दिन स्नान से आकर पूछा, "उस पार घाट कौन बनवा रहा है ?"

बिराज हठात् गुस्सा करके बोली, "मुझे क्या मालूम ?" इतना कह-कर तेजी से चली गई। उसका ढंग देखकर नीलाम्बर अवाक् रह गया। किन्तु बिराज ने उसी दिन से वक्त-बेवक्त जल भरने के लिए घाट जाना एकदम बन्द कर दिया। या तो बड़े सवेरे या फिर कुछ रात गए वह नदी को जाती। इसको छोड़ हजार काम अटकने पर भी वह हर्गिज बाहर न निकलती। किन्तु अन्दर ही अन्दर घृणा, लज्जा और क्रोध से मानो उसके प्राण बाहर निकलने को छटपटाने लगे; परन्तु इस अत्याचार एवं अकथ्य अशिष्टता के खिलाफ वह अपमे स्वामी से भी कुछ कहने का साहस न कर सकी। चार दिनों के बाद नीलाम्बर घाट से आकर हंसते हुए बोला, "नये जमींदार का साज-सरंजाम देखती हो बिराज ?"

बिराज समझकर अन्यमनस्क भाव से बोली, "देखती क्या नहीं हूं !"

नीलाम्बर फिर हंसते-हंसते बोला, "मैं यही सोचता हूं कि यह आदमी पागल तो नहीं है। नदी में तो मछलियों के रहने लायक भी जल नहीं है, किन्तु वह आदमी गिर्रीदार बंसी डाले सारे दिन बैठा रहता है।"

बिराज चुप बैठी रही, किसी प्रकार वह स्वामी की हंसी में उनका साथ न दे सकी। नीलाम्बर कहता गया, "किन्तु यह सब तो ठीक है। भद्रलोक के घाट के सामने सारे दिन उसके इस प्रकार बैठे रहने से औरतें और लड़कियां वहां कैसे जाएंगी ? अच्छा, तुम लोगों को तो सचमुच बड़ी असुविधा होगी ? "

बिराज बोली, "होती ही हो तो हम क्या कर सकते हैं !"

नीलाम्बर जरा उत्तेजित होकर बोला, "पर वैसा क्यों हो ? बंसी लेकर पागलपन करने को क्या और जगह नहीं है ? नहीं, नहीं, कल सुबह ही मैं कचहरी जाकर कह आऊंगा : 'शौक है तो कहीं दूसरी जगह बंसी लेकर बैठा करो, हमारे घर के सामने यह सब नहीं चलने पाएगा' ।"

स्वामी की बात सुनकर बिराज डर गई और व्यस्त होकर बोली, "नहीं, नहीं, तुम्हें यह सब कहने जाने की आवश्यकता नहीं; नदी अकेली हमारी ही नहीं है जो तुम मना कर आओगे !"

नीलाम्बर विस्मित होकर बोला, "तू कहती क्या है बिराज ! न हो नदी अकेली हमारी, किन्तु क्या उसे भले-बुरे का विचार ही न करना चाहिए ? मैं कल ही जाकर कह आऊंगा ! न सुनेगा तो ये सब घाट-वाट मैं तोड़कर फेंक दूंगा। फिर वह चाहे जो करे।"

स्वामी की बात सुनकर बिराज स्तम्भित हो गई। कुछ देर बाद धीरे-धीरे बोली, "तुम जमींदार से झगड़ा करने जाओगे ?"

नीलाम्बर ने कहा, "क्यों न जाऊंगा ? बड़ा आदमी होने से ही वह जो मन में आएगा अत्याचार करेगा और हमें उसे सहन करना होगा ?"

"तुम प्रमाणित कर सकते हो कि वह अत्याचार करता है ?"

नीलाम्बर ने क्रोध के साथ कहा, "मैं तर्क-वितर्क के फेर में नहीं पड़ता। साफ देख रहा हूं कि अन्याय कर रहा है, और तू कहती है कि प्रमाणित कर सकते हो ? कर सकता हूं या नहीं, यह मैं बाद में समझ लूंगा।"

बिराज क्षण-भर स्वामी के मुंह की ओर स्थिर भाव से देखती हुई बोली, "देखो दिमाग जरा ठण्डा करो। जिसे दोनों जून खाने का ठिकाना नहीं है, उसके मुंह से ऐसी बात सुनकर लोग थू-थू करेंगे।"

"क्यों ?"

"और क्यों,तुम जमींदार के लड़के से लड़ना जो चाहते हो !"

बात इतनी रुखाई के साथ बिराज के मुंह से निकली कि नीलाम्बर सह नहीं सका, वह एकदम आगबबूला हो उठा। चिल्लाकर बोला, "तू क्या मुझे कुत्ता-बिल्ली समझती है जो जब देखो तब खाने का ताना दिया करती है? किस दिन तुझे दोनों समय खाने को नहीं मिला ?"

दुःख-कष्ट में निरन्तर रहने के कारण बिराज में पहले का-सा धैर्य और सहिष्णुता नहीं रह गई थी, इसलिए उसने भी जलकर जवाब दिया, "व्यर्थ चिल्लाओ नहीं। किस तरह और क्या करने से दोनों समय खाना मिलता है, इसे तुम नहीं जानते किन्तु मैं जानती हूं और मेरे अन्तर्यामी

जानता है। इस विषय मे तुम कुछ कहने जाओगे तो मैं विष पीकर मर जाऊंगी।" इतना कहकर जो उसने सिर उठाया तो देखा कि नीलाम्बर के मुंह का रंग उड़ गया है, उसकी दोनों आंखों में, अक्ल गुम हो गई हो, ऐसी विह्वल दृष्टि है। उस चितवन के सामने बिराज छोटी हो गई। कोई और बात न कहकर धीरे-धीरे खिसक गई। उसके चले जाने के बाद भी नीलाम्बर उसी प्रकार खड़ा रहा। उसके बाद एक लम्बी सांस लेकर बाहर चण्डीमण्डप के पास आकर स्तब्ध-सा बैठ गया। उसके क्रोध ने, बिना जाने-समझे, छोटे-से स्थान पर सिर उठाया ही था कि जोर का धक्का खाकर बिलकुल ही स्पन्दनहीन और जड़ हो गया। उसके कानों में बिराज की अन्तिम बात रह-रहकर गूंजने लगी, 'कैसे घर-गृहस्थी चलती है?' अब उसे याद आने लगा, अंधेरी रात में घर के बाहर जमीन पर पड़ी हुई बिराज का थका हुआ सुस्त चेहरा ! सच ही तो है।

अब उसे जानने को बाकी नहीं रहा कि दिन किस तरह बीत रहे हैं और किस तरह उसकी वही असहाया स्त्री अकेले गृहस्थी चला रही है। कुछ ही देर पहले बिराज की कड़ी बात तीव्र बाण की तरह उसके हृदय में चुभ गई थी, किन्तु अब वहां बैठकर वह जितना ही सोचने लगा उतना ही उसके हृदय का वह घाव, वह क्षोभ न केवल भरने और मिटने लगा, बल्कि धीरे-धीरे श्रद्धा और आश्चर्य में बदलता गया। उसकी बिराज तो केवल आज की बिराज नहीं है, वह न जाने कब की–युग-युगान्तर की, बिराज है। उसका विचार तो केवल दो दिन के व्यवहार और खोज-भरी बातों से नहीं किया जा सकता। यह बात उससे अधिक कौन जानता है कि उसका हृदय किस वस्तु से परिपूर्ण है। इस बार उसके दोनों नयनों से झर-झर आंसू गिरने लगे। अकस्मात् दोनों हाथ जोड़कर सिर ऊपर उठाकर रुद्ध स्वर में बोल उठा, "भगवान ! मेरे पास जो कुछ है सब ले लो, किन्तु···इसको न लेना।" इतना कहते ही एक प्रचण्ड इच्छा उसके मन में उठ खड़ी हुई कि वह अपनी प्रियतमा को छाती से चिपटा ले।

वह दौड़कर बिराज के बन्द द्वार के सामने आ खड़ा हुआ। द्वार भीतर से बन्द है। उसे धक्का देकर भावना से कांपती वाणी में उसने पुकारा, "बिराज !"

बिराज जमीन पर औंधी पड़ी रो रही थी; चौंककर उठ बैठी। नीलाम्बर बोला, "क्या कर रही है बिराज ? दरवाजा खोल।"

बिराज डरी-सहमी हुई चुपचाप दरवाजे के पास आकर खड़ी हुई। नीलाम्बर चिन्तित होकर बोला, "खोल दे न बिराज !"

इस बार बिराज रुआंसी होकर मृदु स्वर में बोली, "बोलो, तुम मारोगे तो नहीं ?" मारूंगा ! बिराज की यह बात तेज छुरी की तरह नीलाम्बर के हृदय में घुस गई; वेदना से, लज्जा से, अभिमान से उसका गला रुंध गया। बेहोश की तरह वह चौखट की एक पाटी पकड़े खड़ा रहा। बिराज ने तो उसे इस रूप में देखा नहीं इसलिए बिना जाने छुरी पर छुरी मारती रोती हुई बोली, "अब मैं ऐसी बात कभी न कहूंगी; बोलो मारोगे तो नहीं ?"

नीलाम्बर अव्यक्त स्वर में किसी तरह केवल 'नहीं' कह सका। बिराज ने डरते हुए धीरे-धीरे कुंडी खोली। दरवाजा खुलते ही नीलाम्बर किसी तरह अन्दर गया और आंखें बन्द कर खाट पर पड़ गया। उसकी बन्द आंखों के कोनों से निकल-निकलकर आंसू बहने लगे। स्वामी का ऐसा मुंह तो उसने कभी देखा न था। अब सब समझ गई। सिरहाने बैठ गई और परम स्नेह से स्वामी का सिर अपनी गोद में रखकर अपने आंचल से आंखें पोंछने लगी। क्रमश: संध्या का अन्धकार घर में गाढ़ा होने लगा किन्तु दोनों में से किसी ने मुंह नहीं खोला, कोई बात नहीं की; अंधेरे में दोनों चुपचाप खाट पर पड़े रहे, किन्तु हृदय में जो बातें पति-पत्नी के बीच हो गईं, उन्हें, जान पड़ता है, केवल उनके अन्तर्यामी ने सुना।

८

दुर्गापूजा आ गई। अब नीलाम्बर से रहा नहीं गया। उसने छिपाकर कुछ रुपये जुटाए और कपड़ा एवं कुछ मिठाई खरीदकर सुन्दरी के पास गया। सुन्दरी ने उसे बैठने के लिए आसन दिया, तम्बाकू भर लाई। नीलाम्बर आसन पर बैठ गया और अपने पुराने मैले दुपट्टे के भीतर से वह कपड़ा निकालते हुए बोला, "सुन्दरी ! तूने तो उसका पालन-पोषण

किया है, जाकर एक बार देख आ।" और ज्यादा कुछ नहीं कह सका, मुंह फिराकर चादर से आंखें पोंछ लीं।

सुन्दरी उसके दुख-कष्ट की बात जानती थी। गांव में सभी लोग जानते थे। उसने पूछा, "वह कैसी है बड़े बाबू ?"

नीलाम्बर ने सिर हिलाकर कहा, "नहीं मालूम।"

सुन्दरी बुद्धिमती थी। उसने और कोई सवाल नहीं किया। उसने दूसरे दिन सवेरे जाना स्वीकार किया। नीलाम्बर ने उसे कुछ राहखर्च देना चाहा, किन्तु सुन्दरी ने स्वीकार नहीं किया, बोली, "नहीं बड़े बाबू ! तुमने कपड़ा मोल ले लिया, नहीं तो मैं इसे भी न लेती, तुम्हारी तरह मैंने भी तो उसका पालन-पोषण किया है।"

नीलाम्बर की आंखों से फिर आंसू चू पड़े। वह मुंह फेरकर बराबर आंखें पोंछने लगा। इस प्रकार की समवेदना की बात उसने और किसी के मुंह से नहीं सुनी। सभी कहते हैं कि उसने भूल की है, अन्याय किया है, पूंटी के कारण ही उसका सर्वनाश हुआ है। उठने की चेष्टा करते हुए उसने सुन्दरी को विशेष रूप से सावधान कर दिया कि उसके दुख-कप्ट का समाचार पूंटी को किसी प्रकार मालूम न होने पाए।

नीलाम्बर चला गया; सुन्दरी ने भी फेंटे से अपनी आंखों का पानी पोंछ डाला। इस आदमी को मन ही मन सब लोग प्यार करते हैं, सभी भक्ति करते हैं।

विजया के तीसरे पहर की बात है। बिराज ने सोने के घर में जाकर दरवाजा बन्द कर लिया। संध्या होते न होते कोई 'काका' कहते हुए घर में घुस आया और किसी ने 'नीलू दा' कहकर बाहर से ही पुकारा।

नीलाम्बर स्तब्ध मुख से चण्डीमण्डप के बाहर निकलकर सामने आ खड़ा हुआ। प्रणाम-भेंट के बाद लोग भाभी को प्रणाम करने भीतर की ओर चले। उनके साथ-साथ नीलाम्बर ने आकर देखा कि बिराज रसोई-घर में नहीं है और सोने की कोठरी का दरवाजा भी बन्द है। उसने दरवाजे पर थपकी देकर पुकारा, "लड़के तुम्हें प्रणाम करने आए हैं, बिराज !"

बिराज भीतर से बोली, "मुझे बुखार आ गया है। उठ न सकूंगी।"

उन लोगों के चले जाने के कुछ देर बाद फिर किसी ने धक्का दिया। बिराज ने जवाब नहीं दिया। दरवाजे के बाहर से मृदुकण्ठ से आवाज आई, "जीजी, मैं मोहिनी हूं। जरा दरवाजा खोलो।"

किन्तु बिराज कुछ न बोली। मोहिनी ने कहा, "यह न होगा जीजी ! अगर सारी रात इस दरवाजे की चौखट पकड़कर खड़ा होना पड़े तो खड़ी रहूंगी, किन्तु आज के दिन तुम्हारा आशीर्वाद लिए बिना यहां से न जाऊंगी।"

बिराज दरवाजा खोलकर सामने आ खड़ी हुई; उसने देखा कि मोहिनी के बाएं हाथ में खाने की टोकरी है और दाहिने हाथ में घुटी हुई भांग का गोला है। सब चीजें पांवों के पास रख दीं और उसने दोनों चरणों पर सिर रखकर प्रणाम किया। बोली, "बस यही आशीर्वाद दो जीजी, कि मैं तुम्हारे समान बन सकूं। तुम्हारे मुंह से मैं कोई दूसरा आशीर्वाद नहीं चाहती।"

बिराज ने आंसू-भरे नयनों को आंचल से पोंछकर चुपचाप छोटी बहू के झुके हुए मस्तक पर हाथ रख दिया।

छोटी बहू खड़ी होकर बोली, "आज के दिन आंसू नहीं गिराने चाहिए, किन्तु यह बात मैं तुमसे कहने योग्य नहीं हूं जीजी ! परन्तु जीजी ! यदि तुम्हारी देह की हवा भी मुझे छू गई हो तो उसके बल पर कहे जाती हूं कि अगले साल ऐसे ही दिन यह बात कहूंगी।"

मोहिनी के चले जाने पर बिराज वह सामान कोठरी में रखकर स्थिर बैठ गई। आज यह बात वह और अच्छी तरह समझ गई कि मोहिनी रात-दिन उस पर नजर रखती है। इसके बाद कितने ही लड़के आए-गए, बिराज ने फिर दरवाजा बन्द नहीं किया। वही सब चीजें बांट-कर आज के दिन का आचार किया गया।

दूसरे दिन सुबह वह थकी हुई-सी वरामदे में बैठी साग-पात चुन रही थी कि सुन्दरी ने आकर प्रणाम किया।

बिराज ने आशीर्वाद देकर बैठने को कहा।

सुन्दरी बैठती हुई बोली, "कल रात ज्यादा हो गई थी इसलिए आज

सुबह कहने आना पड़ा; किन्तु बहू मां, तुम चाहे जो कहो, ऐसा जानती तो मैं किसी तरह वहां न जाती।"

बिराज कुछ समझ न सकी। उसका मुंह देखने लगी। सुन्दरी कहने लगी, "घर में कोई नहीं है; सब पश्चिम की ओर हवा-पानी बदलने गए हैं। एक बूढ़ी बूआ-भर रह गई है। उसने ऐसी कड़ी-कड़ी बातें सुनाईं कि क्या कहूं! बोली, 'लौटा ले जा। जमाई तक के लिए एक धोती नहीं भेजी, सिर्फ एक सूती धोती लेकर पूजा का व्यवहार करने आई है?' इसके बाद नीच, चमार, आंख में शील नहीं, इत्यादि कितनी गालियां दीं, किन्तु उन सबको कहने से क्या लाभ?"

बिराज ने विस्मित होकर प्रश्न किया, "किसने किसे यह सब कहा री?"

सुन्दरी ने कहा, "और किसे! हमारे बाबू को।"

बिराज अधीर हो उठी। उसे कुछ मालूम न था, इसलिए कुछ समझ में न आया। बोली, "बता तो कि किसने हमारे बाबू को यह सब कहा?"

एक बार सुन्दरी आश्चर्यचकित होकर बोली, "बहू मां! वही तो इतनी देर से कह रही हूं। पूंटी की बूढ़ी फुफिया सास में कितना दर्प, कितनी तेजी है कि कपड़ा नहीं लिया, लौटा दिया।" इतना कहकर कपड़ा आंचल से निकालकर बाहर रख दिया।

अब बिराज समझ गई। वह टकटकी लगाए कपड़े की ओर देखती रही। उसके भीतर-बाहर आग लग गई। नीलाम्बर बाहर गया था, किस समय लौटेगा, इसका कुछ निश्चय न था, इसलिए सुन्दरी उसकी प्रतीक्षा न कर चली गई।

दोपहर को नीलाम्बर भोजन करने बैठा था। बिराज ने आकर उसके पास वह कपड़ा रखकर कहा, "सुन्दरी लौटा गई है।"

नीलाम्बर मुंह उठाकर देखते ही, मारे डर के उदास हो गया। उसने कल्पना भी न की थी कि उसने छिपाकर जो कुछ किया था, वह इस तरह बिराज को मालूम हो जाएगा। उसने कुछ न पूछकर सिर झुका लिया। बिराज ने कहा, "उन्होंने क्यों नहीं लिया, क्यों गाली-गलौज देकर लौटा दिया, यह सब सुन्दरी के पास जाकर सुन सकते हो।"

किन्तु नीलाम्बर ने सिर नहीं उठाया, बल्कि कोई बात भी सुननी नहीं चाही। बिराज भी चुप रही। नीलाम्बर की भूख-प्यास एकदम जाती रही, वह डर से नीचा सिर किए हुए सिर्फ यह अनुभव करने लगा कि बिराज टकटकी लगाकर उसे देख रही है और उसकी आंखों से आग बरस रही है।

संध्या समय सुन्दरी के घर जाकर और उससे सब बातें बार-बार सुनकर नीलाम्बर ने कहा, "अब वे लोग पश्चिम घूमने गए हैं, तब निश्चय ही उनकी अवस्था अच्छी होगी, क्यों सुन्दरी ?"

"अच्छी तो है ही बाबू !"

"तुमने देखा कि पूंटी कितनी बड़ी हो गई है ?"

"भेंट तो हुई ही नहीं बाबू !"

नीलाम्बर अपने सवाल पर लज्जित होकर बोला, "हां, हां, यह तो है, किन्तु नौकर-नौकरानियों से तो सुना होगा ?"

"नहीं बाबू ! उस फुफिया सास ने हाथ-पांव मटका-मटकाकर जो कुछ सुनाया, उसके बाद पूछती क्या, भागना भी मुश्किल हो गया।"

कुछ देर तक क्षुब्ध मुख से स्थिर रहकर नीलाम्बर बोला, "तुझे कैसा लगता है कि मेरी पूंटी दुर्बल हो गई है या मोटी-ताजी ?"

"मोटी-ताजी ही हुई होगी।"

"मालूम होता है, वहां से सुन आई है, क्यों ?"

"नहीं बाबू ! सुन तो कुछ नहीं आई।"

"तब कैसे मालूम हुआ ?"

एक बार सुन्दरी ने विरक्त होकर कहा, "मालूम कहां से हुआ। तुमने पूछा कि मुझे कैसा लगता है, इसलिए कह दिया कि मोटी-ताजी हुई होगी।"

नीलाम्बर ने सिर झुकाकर मृदुकण्ठ से कहा, "ठीक है।" इसके बाद कुछ देर तक सुन्दरी के मुंह की ओर चुपचाप देखकर उसने एक लम्बी सांस ली और उठकर खड़ा हुआ। कहा, "अच्छा, आज जाता हूं सुन्दरी। फिर किसी दिन आऊंगा।"

सुन्दरी ने मुक्ति की सांस ली। वस्तुत: उसका कोई अपराध न था।

एक तो कहने के लिए कुछ था ही नहीं, दूसरे बराबर दो घण्टे से एक ही बात कहकर भी नीलाम्बर का कौतूहल वह नहीं मिटा सकी थी।

उसने चट से उत्तर दिया, "हां बाबू ! रात काफी हो गई है;आज जाओ। किसी दिन सवेरे आना, तब सब बातें होंगी।"

इतने समय बाद नीलाम्बर ने सुन्दरी की उत्कण्ठापूर्ण खोज पर ध्यान दिया और 'जाता हूं' कहकर चला गया।

सुन्दरी की उत्कण्ठा का एक विशेष कारण था।

प्रायः इसी समय रोज उस मुहल्ले के निताई गांगुली आकर उसकी खोज-खबर ले जाते और उसे अपनी चरण-धूलि दे जाते थे। उनकी यह धूलि मालिक के सामने न आ पड़े, इस डर से वह मन ही मन कटकित हो उठी थी। यद्यपि अनेक कारणों से उसका भाग्य लौट आया था और जमींदार की कृपा से उसकी लज्जा गर्व में बदलती जा रही थी, किन्तु इस निष्कलंक साधु-चरित्र ब्राह्मण के सामने अपनी हीनता प्रकट हो जाने की सम्भावना से वह लाज के मारे मरी जा रही थी।

नीलाम्बर के चले जाने पर वह प्रसन्न होकर दरवाजा बन्द करने आई। किन्तु सामने दृष्टि उठाते ही देखा कि नीलाम्बर लौटा आ रहा है। वह दरवाजा पकड़े खीजे मुख के साथ उसकी प्रतीक्षा करने लगी। उसके मुख पर द्वादशी के चांद का आलोक पड़ रहा था।

नीलाम्बर निकट आने पर कुछ हिचकिचाया, फिर चादर की खूंट खोलकर एक अठन्नी बाहर निकाली और शर्माता हुआ धीरे से बोला, "तेरे सामने कहने में कोई शर्म नहीं है सुन्दरी ! तू सब कुछ जानती है। इस अठन्नी के सिवा मेरे पास कुछ नहीं।" इतना कहकर और हाथ उठा-कर उसे देने लगा। सुन्दरी जीभ काटकर पीछे हट गई।

नीलाम्बर बोला, "मैंने कितना कष्ट दिया–तेरे जाने का खर्च तक न दे सका।" और कुछ कह नहीं सका। रोदन से उसका गला रुंध गया।

सुन्दरी ने क्षण-भर न जाने क्या सोचा, फिर हाथ बढ़ाकर बोली, "दो। कुछ हो, तुम मेरे सदा के मालिक हो। मुझे 'नहीं' कहना शोभा नहीं देता।" इतना कहकर उसने अठन्नी हाथ में ले ली। फिर उसे माथे से लगाकर आंचल में बांधते-बांधते कहा, "जरा एक बार भीतर आइए।"

और वह भीतर चली गई।

नीलाम्बर उसके पीछे-पीछे आंगन में आकर खड़ा हो गया।

सुन्दरी कोठरी में गई और क्षण-भर में लौटकर नीलाम्बर के चरणों में मुट्ठी-भर रुपये रखकर उसने भूमिष्ठ होकर प्रणाम किया और उसकी चरण-धूलि को माथे पर लगाकर उठ खड़ी हुई।

नीलाम्बर को विस्मय से हतबुद्धि होते देख वह जरा हंसकर बोली, "इस तरह मुझे देखने से काम न चलेगा बाबू! मैं सदा की दासी हूं। शूद्र होने पर भी यह जोर सिर्फ हमारा है।" इतना कहकर उसने रुपये उठा लिए और नीलाम्बर की चादर में बांधती हुई मृदुकण्ठ से बोली, ये रुपये तुम्हारे ही दिए हुए हैं बाबू! 'तीर्थ करूंगी', यह कहकर देवता के नाम पर अलग रख छोड़ा था, पर जाना नहीं हो सका। देवता खुद घर आकर ले जा रहे हैं।"

तब भी नीलाम्बर कुछ बोल नहीं सका। अच्छी तरह बांधने के बाद सुन्दरी ने कहा, "बहू मां अकेली हैं, अब और बात नहीं, जाइए, किन्तु यह बात उन्हें किसी तरह मालूम न होने पाए।"

नीलाम्बर को बोलने की चेष्टा करते देख सुन्दरी ने रोककर कहा, "बाबू! हजार कहिए, मैं नहीं सूनूंगी। आज आप मेरा मान न रखेंगे तो सिर पटककर मर जाऊंगी।" अब भी वह अपने हाथ में चादर की खूंट पकड़े हुए थी। इसी समय 'क्या हो रहा है?' कहते हुए निताई गांगुली खुले दरवाज़े से सीधा आंगन में आकर खड़ा हो गया। सुन्दरी ने चादर छोड़ दी। नीलाम्बर बाहर निकलकर चला गया। निताई कुछ देर अवाक् रहकर बोला, "यह छोकरा तो नीलू था न?"

सुन्दरी मन ही मन खीज उठी, किन्तु ऊपर से सहज भाव से बोली, "हां, मेरे मालिक हैं।"

"सुनता हूं, खाने का ठिकाना नहीं है। इतनी रात को यहां क्यों आया था?"

"काम था, इसीलिए आए थे।"

"ओह! काम था?" कहकर निताई मुंह बनाकर जरा हंसा।

सुन्दरी उसकी ओर टकटकी लगाकर देखती रही। उस चितवन का

अर्थ समझ लेना निताई के बस की बात न थी, इसलिए कुछ उत्तेजित होकर कह उठा, "इस तरह क्या देख रही हो ?"

"देख रही हूं।"

"क्या देख रही हो ? "

"देख रही हूं कि तुम भी बाम्हन हो और जो अभी-अभी चले गए वे भी बाम्हन हैं, किन्तु दोनों मे कैसा आकाश-पाताल का भेद है !"

निताई ने बात समझकर पूछा, "कैसा भेद है ?"

सुन्दरी जरा हंसकर बोली, "बड़े आदमी हो, ज्यादा ओस में खड़े न रहो, बरामदे में बैठो। शपथपूर्वक कहती हूं, गांगुली महाशय, तुम्हारी ओर देखकर सोच रही थी कि मेरे मालिक के पांव की जरा-सी धूल पा-कर तुम्हारे जैसे कितने ही गांगुली जन्म-जन्म के लिए तर सकते हैं !"

उसकी बात सुनकर निताई क्रोध और आश्चर्य के मारे वाक्शून्य होकर देखता ही रह गया।

९

दशहरे का दिन था। बड़े सवेरे ही छोटी बहू लुकती-छिपती आ गई और बोली, "अभी भी कोई उठा नहीं है जीजी। चलो न, नदी में एक डुबकी लगा आएं।" उस पार जमींदार का घाट बन जाने के बाद से उसका नदी पर जाना मना कर दिया गया था।

दोनों स्नान करने चली गईं। स्नान के अन्त में जल से निकलकर देखा कि थोड़ी ही दूर पर एक पेड़ के नीचे जमींदार राजेन्द्रकुमार खड़ा है। उस स्थान से उस समय भी अंधेरा पूरी तरह दूर नहीं हुआ था, किन्तु दोनों ने उसे पहचान लिया। छोटी बहू भय से सिटपिटाकर बिराज के पीछे आ खड़ी हुई। बिराज को बड़ा विस्मय हुंआ। इतने तड़के यह आदमी वहां आया कैसे ? किन्तु दूसरे ही क्षण एक सम्भावना उसके मन में उठ खड़ी हुई कि शायद वह रोज इसी प्रकार पहरा दिया करता है। क्षण-भर के लिए बिराज दुविधा में रही, उसके बाद देवरानी का एक हाथ पकड़कर खींचती हुई बोली, "खड़ी न रह छोटी बहू चली आ।"

उसे साथ लेकर तेजी से दरवाजे तक पहुंचने के बाद न जाने क्या

सोचकर बिराज रुक गई। उसके बाद धीमी चाल से चलकर राजेन्द्र से थोड़ी दूर पर आ खड़ी हुई। उसकी दोनों आंखें जल उठीं। उस अस्पष्ट आलोक में भी राजेन्द्र उस दृष्टि को सहन न कर सका, सिर झुका लिया।

बिराज बोली, "आप भद्र-सन्तान हैं, बड़े आदमी हैं, यह आपकी कैसी चाल है ?"

राजेन्द्र हतबुद्धि हो गया था, जवाब न दे सका।

बिराज कहने लगी, "आपकी जमींदारी चाहे जितनी बड़ी हो, जिस जगह आप खड़े हैं, वह मेरी है।" हाथ से उस पार का घाट दिखाकर वह बोली, "आप कितने नीच हैं, इसे इस घाट की एक-एक कठपुतली भी जानती है, मैं भी जानती हूं। जान पड़ता है, आपके मां-बहिन नहीं हैं। बहुत दिन पहले मैंने अपनी दासी द्वारा आपको यहां आने से मना कर दिया था किन्तु आपने नहीं सुना।"

राजेन्द्र इतना अभिभूत हो गया था कि इतने पर भी कुछ बोल न सका। बिराज बोली, "आप मेरे स्वामी को नहीं जानते, जानते तो हर्गिज यहां न आते। इसीसे आज कहे देती हूं कि फिर यहां आने से पहले उन्हें पहचान लेने की चेष्टा करें।" इतना कहकर बिराज धीरे-धीरे चली गई। घर में प्रवेश करते हुए देखा कि पीताम्बर एक गडु आ हाथ में लिए खड़ा है।

बहुत दिन से उसके साथ उसकी बात-चीत बन्द थी, फिर भी उसने पुकारकर कहा, "भाभी ! जिनके साथ इतनी देर तक बात कर रही थीं वे वही जमींदार बाबू हैं न?" पलक मारते ही बिराज की आंखें और मुंह लाल हो उठे और वह 'हां' कहकर भीतर चली गई।

घर जाकर अपनी बात तो वह उसी समय भूल गई, किन्तु छोटी बहू के लिए मन ही मन बड़ी चिन्तित हो उठी। यही सोचने लगी कि क्या जाने देवर ने उसे देखा या नहीं; किन्तु देर तक उसे चिन्ता न करनी पड़ी, दस ही मिनट बाद उस घर से मार-पीट का शब्द और दबी रुलाई का आर्त स्वर सुनाई पड़ा

बिराज दौड़कर रसोई में चली गई और काठ की मूर्ति की तरह बैठी रही।

इस समय नीलाम्बर नींद से उठकर मुंह धो रहा था। पिताम्बर के गर्जन-तर्जन और प्रहार का शब्द क्षण-भर उसने सुना और दूसरे ही क्षण बेड़े के पास जाकर लात मारकर उसे तोड़ दिया और उसके घर में जाकर खड़ा हो गया। बेड़ा टूटने के शब्द से पीताम्बर ने चौंककर मुंह फेरा तो देखा कि सामने ही साक्षात् यम की भांति बड़ा भाई खड़ा है। देखते ही उसके चेहरे का रंग उड़ गया।

नीलाम्बर ने धरती पर पड़ी छोटी बहू को सम्बोधित करते हुए कहा, "घर में जा बेटी ! कोई भय मत कर।"

छोटी बहू के कांपते-कांपते उठकर चले जाने के बाद नीलाम्बर ने सहज भाव से कहा, "बहू के सामने तेरा और अपमान नहीं करूंगा, किन्तु मेरी इस बात की भूलकर भी उपेक्षा न करना कि जब तक मैं इस घर में हूं तब तक यह सब नहीं होने पाएगा। तू जो हाथ उस पर उठाएगा, उसे ही मैं तोड़ डालूंगा।" इतना कहकर वह लौट चला।

पीताम्बर साहस एकत्र करके बोल उठा, "घर पर चढ़कर मारने आ गए, किन्तु कारण भी जानते हो ?"

नीलाम्बर लौटकर खड़ा हो गया और बोला, "नहीं, और मैं जानना भी नहीं चाहता हूं।"

पीताम्बर ने कहा, "वह क्यों चाहोगे ! देखता हूं, मुझे घर छोड़कर भागना होगा।"

नीलाम्बर उसके मुंह की ओर देखता रहा, फिर बोला, "घर छोड़कर किसे भागना होगा, यह मैं जानता हूं; तुझे वह बताना न पड़ेगा। किन्तु जब तक वह नहीं होता, तब तक तुझे सब्र करके ही रहना पड़ेगा–यह बात तुझे बताए जाता हूं।"

इतना कहकर वह फिर लौट रहा था कि पीताम्बर एकाएक सामने आकर खड़ा हो गया; बोला, "तब तुम्हें भी बतला देता हूं दादा ! दूसरे का शासन करने के पहले अपने घर में शासन करना ज्यादा अच्छा है।"

नीलाम्बर देखता रह गया; पीताम्बर की हिम्मत बढ़ गई और वह कहने लगा, "जानते हो न कि पार वाला घाट किसका है ? अच्छा, जब से वह बना तभी से मैंने छोटी बहू को घाट पर जाने से मना कर दिया था।

आज रात रहे ही उठकर वह भाभी के साथ नहाने गई थी। ऐसा है तो सम्भव है रोज जाती हो, कौन जाने ?"

नीलाम्बर ने आश्चर्यपूर्वक कहा, "इसी दोष पर तूने हाथ उठाया ?"

पीताम्बर बोला, "पहले सुनो। वह जमींदार का लड़का–क्या जाने राजेन्द्र बाबू या कुछ ऐसा ही नाम है उसका–देश-विदेश में बदनाम हो रहा है। आज भाभी उसके साथ आधे घण्टे तक गप्प मारती रही, किसलिए ?"

नीलाम्बर की समझ में कुछ न आया। वह बोला, "कौन बात कर रहा था रे ? बिराज बहू ?"

"हां वही !"

"तूने आंख से देखा है ?"

पीताम्बर ने मुख का भाव हंसने जैसा बनाकर कहा, "जानता हूं कि तुम मुझे देख नहीं सकते–मेरा न्याय नारायण करेंगे–किन्तु···"

नीलाम्बर धमकाकर बोला, "फिर उनका नाम लेता है ! क्या कहना है, कह।"

पीताम्वर चौंककर कुछ देर रुकने के बाद, रोषपूर्ण स्वर में कहने लगा, "आंखों से देखे बिना कोई बात कहने का स्वभाव मेरा नहीं है। अगर घर का शासन न कर सको तो दूसरे को मारने न दौड़ा करो।"

नीलाम्बर के सिर पर एकाएक लाठी-सी पड़ गई। थोड़ी देर तक पाल की तरह देखते रहने के बाद अन्त में पूछा, "क्या बिराज बहू आध घण्टे तक गप्प मारती रही ? तुमने अपनी आंखों से देखा है ?"

पीताम्बर दो-एक पग लौट गया था; रुककर बोला, "हां, आंखों से ही देखा है। शायद आधा घण्टे से अधिक ही होगा।"

नीलाम्बर पुन: कुछ देर तक चुपचाप ताकता रहा। तब बोला, "अच्छा, यदि तेरी बात ठीक ही हो तो तूने कैसे जाना कि बात करना जरूरी न था।"

पीताम्बर मुंह फिराकर हंसा, तब बोला, "यह तो मैं नहीं जानता पर मेरा मार-पीट करना भी क्या उचित न था, क्योंकि वह घाट छोटी बहू के लिए नहीं बनाया गया है ?"

क्षणिक उत्तेजनावश नीलाम्बर दोनों हाथ उठाकर दौड़ा, किन्तु निकट जाकर रुक गया। फिर पीताम्बर के मुंह की ओर ताकता हुआ बोला, "तू जानवर है, फिर छोटा भाई है। बड़ा भाई होकर मैं तुझे शाप नहीं दूंगा। मैंने माफ कर दिया, किन्तु आज तूने जो बात गुरुजन के लिए। अपने बड़े के लिए कही है, उसके लिए भगवान् तुझे माफ नहीं करेंगे, जा !" इतना कहकर वह धीरे-धीरे अपनी ओर आ गया और टूटे बेड़े को स्वयं ही बांधने लगा। बिराज ने कान लगाकर सब बातें सुनीं। लज्जा और घृणा से वह ऊपर से नीचे तक, बार-बार सिहर उठी। एक बार मन में आया कि सामने जाकर अपनी सारी बात कह दे, किन्तु पांव उठ नहीं पाए। उसके रूप पर परपुरुष की लुब्ध दृष्टि पड़ी है, स्वामी के सामने अपने मुंह से यह बात वह कैसे कह पाएगी !

बेड़ा बांधकर नीलाम्बर बाहर चला गया।

दोपहर का भोजन परोसकर बिराज आड़ में बैठी रही, रात को स्वामी के सो जाने पर चुपचाप शय्या पर आकर पड़ रही और सुबह उनकी नींद टूटने से पहले ही उठकर बाहर निकल गई।

इसी प्रकार स्वामी से आंख बचाते और भागते जब दो दिन बीत गए, किन्तु नीलाम्बर ने उससे कुछ नहीं पूछा, तब एक और प्रकार की आशंका धीरे-धीरे उसके मन में उठने लगी। पत्नी के बारे में इतने बड़े अपवाद की बात सुनकर भी स्वामी के मन में कोई उत्सुकता न जगने का कोई ठीक कारण उसे नहीं मिला, इस घटना से उन्हें आश्चर्य हुआ है, इस सम्भावना से भी उसे सान्त्वना न मिली। इन दो दिनों में वह एक ओर जैसे अपने को छिपाकर फिरती रही है, वैसे ही दूसरी ओर वह बराबर आशा लगाए रही है कि अब वह बात उठेगी, अब वे बुलाकर घटना के बारे में पूछेंगे, तब मैं शुरू से आखिर तक सारी बात सुनाकर स्वामी के चरणों में अपनी छाती पर लदा भारी बोझ फेंककर स्वस्थ हो जाऊंगी; किन्तु कहीं कुछ तो नहीं हुआ। स्वामी चुप हैं।

एक बार उसने यह भी सोचने की चेष्टा की कि हो सकता है उन्होंने इस बात पर बिलकुल विश्वास न किया हो, किन्तु इस प्रकार जो वह पूर्णत: अपने को छिपाकर रख रही है, इससे उनके मन में संशय न उत्पन्न

होता होगा ? फिर जिस बात को इतने दिनों से छिपाती आई है उसे स्वयं ही आज किस प्रकार प्रकट करे ? इसी उधेड़बुन में वह दिन भी बीत गया। दूसरे दिन सवेरे भयार्त-भयातुर हृदय से किसी प्रकार घर का काम-काज कर रही थी कि हठात् यह भयंकर बात उसके हृदय के गम्भीर तल-देश को मथकर भंवर की तरह उठ आई कि कहीं उन्होंने देवर की बात पर ही विश्वास कर लिया हो तो ?

नीलाम्बर दैनिक पूजन-कृत्य समाप्त कर ही रहा था कि बिराज तूफान की तरह उसके सामने आकर हांफने लगी। विस्मित नीलाम्बर के मुंह ऊपर उठाते ही बिराज जोर से अपने होंठ काटकर बोल उठी, "क्यों, मैंने क्या किया है ? मुझसे बात क्यों नहीं करते ?"

नीलाम्बर हंसा। बोला, "तुम तो बाहर भागती फिरती हो, बात किससे करूं ?"

"भागती फिरती हूं ! क्या तुम एक बार पुकार नहीं सकते थे ?"

नीलाम्बर बोला, "जो आदमी भागता फिरता है, उसे पुकारने से पाप होता है।"

"पाप होता है ! तब तो जान पड़ता है तुमने देवर की बात पर विश्वास कर लिया। क्यों?"

"सत्य बात पर भी विश्वास रहीं करूंगा ?"

बिराज क्रोध और दुःख से रो पड़ी। अश्रुविगलित कण्ठ से चिल्लाकर बोली, "यह सत्य नहीं है भयंकर झूठ है ! तुमने कैसे विश्वास कर लिया ?"

"तुमने नदी-तट पर बात नहीं की ?"

बिराज ने उद्धत भाव से जवाब दिया, "हां बात की थी।"

नीलाम्बर बोला, "मैंने इतना ही विश्वास किया है।"

बिराज ने हाथ से आंखें पोंछकर कहा, "यदि विश्वास ही किया तो उस निकृष्ट के समान मुझे दण्ड क्यों नहीं दिया ?"

नीलाम्बर फिर हंसा। तुरन्त खिले हुए फूल के समान, निर्मल हंसी से उसका मुंह प्रकाशित हो उठा। दाहिना हाथ उठाकर बोला, "तब पास आ, बचपन की तरह एक बार फिर तेरे कान मल दूं।"

पलक मारते बिराज नीलाम्बर के सामने आकर उकडूं बैठ गई और क्षण-भर बाद ही उसकी छाती पर गिरकर एवं दोनों बांहें गले में डालकर फूट-फूटकर रोने लगी। नीलाम्बर ने रोने से विरत नहीं किया। उसकी भी दोनों आंखें भर आईं और वह चुपचाप दाहिना हाथ पत्नी के सिर पर रखकर मन ही मन उसे आशीर्वाद देने लगा। कुछ देर बाद रुलाई का प्रथम वेग कम होने पर बिराज ने बिना मुंह ऊपर उठाए ही कहा, "जानते हो, उससे मैंने क्या कहा था?"

नीलाम्बर ने स्नेहपूर्वक मृदुस्वर में कहा, "जानता हूं, उसे आने से मना कर दिया है।"

"तुमसे किसने कहा?"

नीलाम्बर ने हंसते हुए कहा, "कहा किसी ने नहीं। लेकिन एक अपरिचित के साथ जब बात की, तब बड़े दुःख में पड़कर ही की होगी। तब वह बात इसके सिवा और क्या हो सकती है, बिराज?"

बिराज की आंखों से फिर जल गिरने लगा।

नीलाम्बर कहने लगा, "किन्तु काम अच्छा नहीं किया। मुझे बताना उचित था, मैं ही जाकर उसे समझा देता। मैंने बहुत दिनों पहले ही उसका मनोभाव जान लिया था, कितने ही दिन सवेरे-शाम उसे देखा भी है, किन्तु तुम्हारे निषेध का खयाल करके ही किसी दिन उसे कुछ नहीं कहा।" उस दिन सन्ध्या से ही आकाश मेघों से घिर गया था और टिप्-टिप् वर्षा हो रही थी। रात को बिछौने पर सोने के बाद पति-पत्नी में फिर बातचीत चल पड़ी।

नीलाम्बर बोला, "आज सारा दिन उससे मिलने की ही प्रतीक्षा करता रहा।"

बिराज डरकर बोल उठी, "क्यों? क्यों?"

"दो बातें न करने से भगवान् के प्रति अपराधी होना पड़ता, इसलिए।"

भय और उत्तेजना के मारे उठकर बैठती हुई बिराज बोली, "नहीं, यह नहीं होगा, किसी तरह नहीं होगा! इसके बारे में तुम उससे कोई बात नहीं कर सकोगे।"

उसके मुंह और आंखों के भाव देख नीलाम्बर विस्मित होकर बोला, "मैं स्वामी हूं, पति हूं, मेरा यह कर्तव्य नहीं है ?"

बिराज जरा भी विचार किए बिना बोल उठी, "पहले पति के अन्य कर्तव्यों को पूरा करो, फिर यह कर्तव्य पूरा करना।"

"क्या ?" कहकर नीलाम्बर थोड़ी देर स्तम्भित रहा, फिर मृदु स्वर में 'अच्छा' कहकर एक लम्बी सांस ली और करवट बदलकर चुपचाप सो रहा।

१०

बहुत दिनों तक छोटी बहू इस घर में नहीं आई, किन्तु अपनी एक आंख और एक कान उसने इधर ही लगा रखा था। आज एक बजे वह बड़ी सावधानी से उधर-इधर देखती हुई इस घर में आई। बिराज गाल पर हाथ रखे रसोईघर के बरामदे में एक ओर स्तब्ध बैठी हुई थी, अब भी बैठी रही। छोटी बहू पास बैठ गई और पांव छूकर हाथ को माथे से लगाती हुई धीरे-धीरे बोली, "जीजी ! क्या पागल हो गई हो ?"

बिराज ने मुंह फेरकर तीव्र कण्ठ से उत्तर दिया, "क्या तू न होती ?"

छोटी बहू बोली, "अपने साथ तुलना करके मुझे अपराधी न बनाओ जीजी ! तुम्हारे दोनों पांवों की धूलि बनने की योग्यता भी मुझमें नहीं है। किन्तु तुम बोलो, क्यों ऐसी हो ? जेठजी को आज खाने क्यों नहीं दिया ?"

"मैंने तो खाने से मना नहीं किया ?"

छोटी बहू बोली, "यह तो ठीक है कि मना नहीं किया, किन्तु एक बार भी उनके पास नहीं गईं ? थाली पर बैठकर उन्होंने कितनी बार पुकारा, किन्तु तुमने एक भी जवाब नहीं दिया। भला तुम्हीं बताओ, इससे दुःख होता है या नहीं ? एक बार भी पास जातीं तो वे भोजन छोड़कर उठ न जाते।" अब भी बिराज मौन ही बैठी रही।

छोटी बहू कहती गई, "हाथ 'फंसे थे' कहकर मुझे भुला नहीं पाओगी जीजी ! सदा ही तुमने सब काम छोड़कर उन्हें सामने बिठाकर खिलाया

है, संसार में इससे बड़ा काम कभी तुम्हें रहा नहीं, किन्तु आज···"

बात पूरी होने से पहले ही बिराज ने पागल की तरह उसका एक हाथ पंकड़कर जोर से खींचते हुए कहा, "तब आकर देख !" इतना कह खींच लाकर रसोईघर के बीच खड़ा कर दिया और हाथ से दिखाती हुई बोली, "इधर देख !"

छोटी बहू ने ताककर देखा कि एक काली पथरी में बिना छंटे हुए चावल का भात और उसी के पास एक तरफ करेमू का पका साग रखा है, और कुछ नहीं है। आज कोई और उपाय न देखकर बिराज ने उसे नदी से तोड़कर लाकर पका दिया था।

देखते-देखते छोटी बहू की दोनों आंखों से झर-झर आंसू गिरने लगे, किन्तु बिराज की आंखों में जल का आभास भी नहीं दिखाई पड़ा ! दोनों चुपचाप एक-दूसरे का मुंह ताकती रहीं।

बिराज ने अधिकारपूर्ण स्वर में कहा, "तू भी तो औरत है; तुझे भी तो अपने स्वामी के आगे भोजन परोसना पड़ता है; तू ही बता कि पृथ्वी पर कोई स्त्री है जो सामने बैठकर स्वामी को ऐसा भोजन करते अपनी आंखों से देख सके ? पहले बता, फिर तेरे मुंह में जो गाली आए मुझे दे, मैं कुछ न कहूंगी !"

छोटी बहू कोई भी बात न कह सकी, उसकी आंखों से उसी प्रकार लगातार आंसू गिरने लगे।

बिराज कहने लगी, "दैवात् रसोई में कोई त्रुटि हो जाने के कारण, यदि किसी दिन उन्होंने जरा भी कम खाया है, तो सारे दिन मेरे हृदय में कैसी वेदना होती रही है इसे दूसरा कोई न जाने, पर तू जानती है छोटी बहू ! और आज उनको भोजन के समय मुझे जो यह लाकर देना पड़ता है–और वह भी जान पड़ता है, अब जुटा न पाऊंगी···" और सहन न कर सकने के कारण वह देवरानी की छाती पर पछाड़ खाकर गिर पड़ी और दोनों हाथ उसके गले में डालकर फफककर रो पड़ी। बड़ी देर तक दोनों सगी बहिनों की तरह एक-दूसरे से लिपटी रहीं; बड़ी देर तक दो अभिन्न नारी हृदय चुपचाप अश्रुजल में भीगते रहे। इसके बाद बिराज सिर उठाकर बोली, "नहीं, तुझसे छिपाऊंगी नहीं, क्योंकि मेरा दुःख समझने

वाला तेरे सिवा और कोई नहीं है। मैंने बहुत सोचकर देख लिया है कि मेरे यहां से गए बिना उनका कष्ट दूर नहीं होगा। रहने पर तो उनका मुंह देखे बिना एक दिन भी काट न पाऊंगी। मैं जाऊंगी, बोल मेरे जाने पर उनकी देखभाल करेगी ?"

छोटी बहू ने आंख उठाकर पूछा, "कहां जाओगी ?"

"यह कैसे जानूंगी बहन, कि कहां जाना होगा। सुनती हूं, उससे बढ़कर पाप और कोई नहीं है। पर जो हो, यह जलन तो मिट जाएगी।"

"छि:, छि: ! यह बात जबान पर भी न लाना जीजी ! जो आत्महत्या की बात करता है, उसे तो पाप होता ही है, जो कान से सुनता है उसे भी पाप होता है। छि:, छि: ! तुम क्या हो गई हो ?"

बिराज ने हाथ हटाकर कहा, "यह सब नहीं जानती। बस, इतना जानती हूं कि अब मैं उन्हें खाना नहीं दे सकती। आज मुझे छूकर वचन दे कि जैसे भी होगा, तू दोनों भाइयों को मिला देगी।"

"वचन देती हूं।" कहकर मोहिनी सहसा बैठ गई और बिराज के पांव पकड़कर बोली, "तब मुझे भी आज एक भीख दोगी, बोलो ?"

बिराज ने पूछा, "क्या है ?"

"तब एक मिनट सब्र करो, मैं अभी आई।" कहकर ज्यों ही उसने जाने के लिए पांव बढ़ाया कि बिराज उसका आंचल पकड़कर बोली, "नहीं, जाओ नहीं। मैं एक तिल भी किसी से लूंगी नहीं।"

"क्यों न लोगी ?"

बिराज जोर से सिर झटककर बोली, "नहीं, यह किसी तरह न होगा, मैं किसी का कुछ भी ले न सकूंगी।"

छोटी बहू ने क्षण-भर स्थिर दृष्टि से जेठानी की इस आकस्मिक उत्तेजना पर ध्यान दिया, उसके बाद वही बैठ गई और जोर से उसे अपने पास खींचकर बोली, "तब सुनो जीजी ! नहीं जानती कि पहले तुम क्यों मुझे प्यार नहीं करती थीं, मुझसे ठीक तरह बोलती नहीं थीं; परन्तु इसके लिए अकेले में बैठकर कितनी रोई हूं, कितने देवी-देवताओं को पुकारा है, उसकी गिनती नहीं। आज उन्होंने भी मुंह उठाकर देखा है, तुम भी छोटी बहन कहकर पुकारती हो। अब एक बार सोचकर देखो कि

यदि तुम मुझे इस हालत में देखतीं और मेरे लिए कुछ न कर पातीं, तो किस तरह विकल होतीं ?"

बिराज कुछ जवाब न दे सकी। सिर झुकाए बैठी रही।

छोटी बहू उठकर गई और थोड़ी ही देर में एक बड़ी टोकरी में सब प्रकार की आहार-सामग्री भर लाकर रख दी।

बिराज स्थिर दृष्टि से देखती रही। किन्तु जब छोटी बहू पास आकर उसके आंचल का खूंट पकड़कर उसमें एक सोने की मुहर–अशर्फी–बांधने लगी तब उससे और नहीं रहा गया; वह जोर से ठेलकर और चिल्लाकर बोली, "नहीं, यह किसी तरह न होगा, मरने पर भी नहीं।"

मोहिनी धक्के से संभलकर मुंह उठाकर बोली, "होगा नहीं, निश्चय ही होगा। इसे हमारे जेठ ने हमारे ब्याह के समय दिया था।" इतना कहकर और झुककर एक बार फिर पांव की धूलि माथे से लगाकर वह घर चली गई।

११

मोगरा का इतना पुराना पीतल के कब्जों वाला कारखाना एक दिन सहसा बन्द हो गया और यह खबर वही चाण्डाब-बालिका बिराज को सुनाने आई और बन्द होने के कारण उसकी जो अनेक प्रकार की क्षति और असुविधा हुई थी, उसका विवरण सुनाने लगी, तो बिराज चुपचाप सुनती रही। बाद में एक लम्बी सांस भर ली। बालिका ने मन में सोचा कि उसका दुःख का साथी नहीं मिला इसलिए उदास होकर चली गई। हाय रे अज्ञान, दुखिया लड़की ! तू कैसे जान सकती है कि उस लम्बी सांस में, उस निःश्वास में क्या था, और उस चुप्पी की आड़ में कैसा तूफान उठ रहा था ! शान्त, मौन धरती के अन्तस्तल में कैसी आग जल रही है, उसे जानने-समझने की क्षमता तुझे कहां से प्राप्त होगी !

नीलाम्बर ने आकर कहा कि उसे काम मिल गया है। आगामी पूजा के समय से कलकत्ता के एक प्रसिद्ध कीर्तन-दल में वह ढोलक बजाएगा।

खबर सुनकर बिराज का मुंह मृत मनुष्य के समान रक्तहीन हो गया। उसके स्वामी गणिका के अधीन, गणिका के संसर्ग में रहकर समस्त

भद्रसमाज के सामने गाते-बजाते फिरेंगे, तब खाना मिलेगा! लज्जा की धिक्कार से मानो वह मिट्टी में समा जाएगी, किन्तु मुंह खोलकर मना भी न कर सकी। और कोई उपाय जो न था। अच्छा ही हुआ कि संध्या के अन्धकार में नीलाम्बर उस मुंह को देख नहीं पाया।

भाटे के खिंचाव में जल जैसे प्रति क्षण तटप्रान्त पर अपने क्षय-चिह्न अंकित करते-करते दूर से दूर हटता चला जाता है, वैसे ही बिराज सूखने लगी–बड़ी तेजी से और साफ-साफ ठीक वैसे ही उसके शरीर-तट पर समस्त मलिनता को लगातार पर्दे के बाहर करती हुई उसकी देववांछित अतुल यौवनश्री न जाने कहां लुप्त होने लगी। देह शुष्क, मुख म्लान, दृष्टि अस्वाभाविक–जैसे कोई भयावनी वस्तु रात-दिन देख रही हो। फिर उसे देखनेवाला भी कोई नहीं। एक छोटी बहू थी, किन्तु वह भी भाई की बीमारी की खबर पाकर एक माह से अधिक हुआ, पिता के घर चली गई है। नीलाम्बर प्राय: दिन में घर नहीं रहता। जब आता है तब रात का अन्धकार रहता है; उसकी दोनों आंखें प्रायः लाल रहती हैं, गरम-गरम सांस चलती है। बिराज सब कुछ देखती है, सब कुछ समझती है किन्तु कुछ बोलती नहीं। बोलने की इच्छा भी नहीं रखती। सामान्य बात करने में भी अब उसे थकावट का अनुभव होता है।

कई दिन हो गए, तीसरे पहर उसे ठंड लगकर सिर दर्द होने लगता है। इतने पर भी उसे स्तिमित संध्या-दीप हाथ में लेकर रसोईघर में प्रवेश करना पड़ता है। स्वामी के घर में न रहने के कारण दिन में प्रायः वह खाना नहीं बनाती, रात में बनाती है; किन्तु उस समय उसे ज्वर रहता है। स्वामी का भोजन हो चुकने पर हाथ-पांव धोकर पड़ रहती है। इसी तरह उसके दिन बीत रहे हैं। अपने देवता को बिराज अब मुंह उठाकर देखने के लिए नहीं कहती; पहले की तरह प्रार्थना भी नहीं करती। दैनिक पूजा समाप्त करके गले में आंचल डालकर जब प्रणाम करती है, तब मन में इतना ही कहती है, 'प्रभु! जिस पथ पर जा रही हूं, उसपर जरा शीतघ्रता से जा सकूं।'

सावन की संक्रान्ति का दिन था। सवेरे से ही गहरी वर्षा हो रही थी और रुकती न थी। तीन दिन तक बुखार में पड़ी रहने के बाद बिराज

भूख-प्यास से व्याकुल होकर शाम के बाद बिछौने पर उठकर बैठ गई। नीलाम्बर घर में नहीं था। परसों, स्त्री को इतने ज्वर में पड़ी देखकर भी, उसे श्रीरामपुर के एक धनाढ्य शिष्य के घर कुछ प्राप्ति की आशा से जाना पड़ा था। कह गया था कि किसी तरह वहां रात को रुकूंगा नहीं; जैसे भी होगा, उसी दिन शाम तक लौट आऊंगा। परसों बीत गया, कल बीत गया, आज भी बीत चला, किन्तु उसके दर्शन नहीं हुए। बहुत दिनों के बाद आज सारे दिन बिराज बीच-बीच में रोती रही है। अब वह किसी तरह अधिक पड़ी न रह सकी; संध्या-दीप जलाकर एक गमछा माथे पर रखकर कांपते-कांपते बाहर सड़क के किनारे आकर खड़ी हो गई। वर्षा के उस अंधकार में जहां तक दृष्टि जा सकती थी, देखने की कोशिश की; किन्तु कहीं कोई दिखाई न पड़ा, तब लौटकर भीगी साड़ी, भीगे बाल लिए ही चण्डीमण्डप की सीढ़ी पर बैठ गई और इतनी देर बाद फिर रोने लगी, क्या जाने उन्हें क्या हुआ! एक तो दुःख-कष्ट और अनाहार से उनकी देह यूं ही दुर्बल हो गई है, उसपर इतना परिश्रम! कहीं बीमार तो नहीं पड़ गए, या गाड़ी-घोड़े के नीचे तो नहीं आ गए! क्या हुआ, क्या सर्वनाश घटित हुआ। घर में बैठे हुए वह कैसे बता सकती है कैसे क्या उपाय करे? फिर दूसरी विपत्ति यह है कि आज घर में पीताम्बर भी नहीं है; कल तीसरे पहर से वह छोटी बहू को विदा कराके लेने गया है। सारे घर में बिराज बिलकुल अकेली है। फिर वह खुद ही बीमार है। आज दोपहर से उसका ज्वर उतर जरूर गया है, किन्तु घर में ऐसी कोई चीज भी नहीं है जो वह खा सके। दो दिन से केवल जल पी रही है। पानी में भीगने के कारण उसे ठंड लगने लगी, माथा घूमने लगा, किसी तरह हाथ से पैरों पर जोर लगाकर सीढ़ी से उठी और चण्डीमण्डप के भीतर जाकर जमीन पर पेट के बल पड़ गई तथा सिर पटकने लगी।

सदर दरवाजे पर थाप पड़ी। बिराज ने एक बार कान लगाकर सुना, फिर दूसरी थाप के साथ ही 'आई' कहकर पलक मारते दौड़कर किवाड़ खोल दिए। अभी क्षण-भर पहले वह उठकर बैठ भी न सकती थी।

किवाड़ों पर थपकी देनेवाला उसी मुहल्ले का एक लड़का था। बोला, "ठाकुराइन मां जी! दादा ठाकुर को एक सुखी धोती चाहिए, दे दो।"

बिराज अच्छी तरह समझ न पाई, चौखट के सहारे खड़ी होकर कुछ देर तक उसकी ओर ताकती रही। फिर बोली, "धोरती मांगी हैं ? कहां हैं वे ?"

लड़के ने जवाब दिया, "गोपाल ठाकुर के बाप का मृत-संस्कार करके सब अभी लोटे हैं।"

"मृत-संस्कार करके ?" बिराज स्तम्भित हो रही। गोपाल चत्रवर्ती उसके दूर के एक नातेदार थे। उसके वृद्ध पिता बहुत दिनों से रोगी होकर भोग भोग रहे थे। दो दिन पहले उन्हें गंगायात्रा[१] के लिए ले जाया गया था, आज दोपहर को उनकी मृत्यु हो गई। उन्हीं की दाह-क्रिया करके सब लोग अभी लौटे हैं। लड़के ने सब संवाद देकर अन्त में बताया कि इस प्रदेश में दादा ठाकुर के समान कोई नाड़ी धरनेवाला नहीं है, वे ही उस दिन से उसके साथ थे। फिर वह गिरती-पड़ती भीतर आई और उसे एक धोती देकर खाट पर पड़ गई।

जन-प्राणी शून्य अंधेरे घर में उसकी स्त्री अकेली, दुश्चिन्ता और अनाहार से मृतप्राय पड़ी हुई है, यह सब जान-सुनकर भी जिसका स्वामी बाहर परोपकार करने में लगा हुआ है, उस अभागिन को बोलने या कहने के लिए अब क्या बच गया है ? आज उसका अवसन्न-विकृत मस्तिष्क उससे दृढ़ स्वर में बारम्बार कहने लगा, 'बिराज ! संसार में तेरा कोई नहीं है। तेरे मां नहीं है, बाप नहीं है, भाई नहीं है, बहन नहीं है–स्वामी नहीं है। तेरे लिए केवल यम हैं। उसके सिवा और कहीं तेरे जुड़ाने की जगह नहीं है।' बाहर वर्षा की आवाज में से, झिल्ली की झंकार में से तथा वायु की सनसनाहट में से निकलकर यही 'नहीं, नहीं' शब्द उसके दोनों कानों में निरन्तर प्रवेश करने लगा। भण्डार में चावल नहीं, कोठियों में धान नहीं, बागों में फल नहीं, पोखरों में मछली नहीं,

१. बंगाल में रोगी के आसन्नमृत्यु के समय, मरने के पहले ही उसे जाकर गंगा या उसके अभाव में किसी नदी के पानी में रख देते हैं और सब तब तक 'हरि बोल, हरि बोल' कहते रहते हैं, जब तक उसका देहा-वसान नहीं हो जाता। इसी का नाम गंगायात्रा है।

सुख नहीं, शांति नहीं, स्वास्थ्य नहीं–घर में छोटी बहू भी नहीं और इन सबके साथ ही आज उसके स्वामी भी नहीं। इतने पर भी आश्चर्य की बात यह है कि किसी के विरुद्ध विशेष कोई क्रोध का भाव भी उसके मन में नहीं उठा। एक साल पहले स्वामी की इस हृदयहीनता का हजारवां भाग भी उसे क्रोध से पागल कर देता, किन्तु एक प्रकार का सुन्न करने-वाला अवसाद उसे जड़वत् करने लगा।

इसी प्रकार निर्जीव की भांति पड़ी-पड़ी उसने न जाने क्या-क्या विचारकर देखना चाहा, विचारने-सोचने भी लगी, किन्तु उसका सारा चिन्तन ही गड़बड़ और अस्त-व्यस्त हो जाता था। किन्तु इसी विश्रृंखल चिन्तन के बीच, अभ्यास के कारण, एकाएक उसके मन में यह बात उदय हुई कि सारे दिन उन्होंने कुछ खाया-पिया नहीं होगा।

अब वह और पीड़ा न सह सकी; जल्दी से बिछौना छोड़कर उठ खड़ी हुई और दीया हाथ में ले भण्डारे में जाकर जरा-जरा-सी जगह देखने लगी कि कहीं पकाने के लिए कोई चीज हो। किन्तु कहीं कुछ नहीं मिला; एक कण भी उसे दिखाई नहीं पड़ा। बाहर आकर खूंटी के सहारे थोड़ी देर स्थिर खड़ी रही, उसके बाद हाथ के दीये को फूंक से बुझाकर रख दिया और खिड़की के पल्ले खोलकर बाहर निकल गई। कैसा निविड़ अन्धकार है! भीषण स्तब्धता, घनगुल्म-कण्टकाकीर्ण, संकीर्ण, फिसलन-भरा मार्ग, कोई भी आज उसकी गति को रोक न सका। बाग के दूसरी ओर, वन के भीतर चांडालों की छोटी कुटिया है। वह उसी ओर जाने लगी। बाहर कोई दीवार न थी। बिराज ने एकदम आंगन में खड़ी होकर पुकारा, "तुलसी।"

पुकार सुनकर तुलसी दीया हाथ में लिए बाहर आया और बिराज को देखकर विस्मय से अवाक् हो गया।

"इस अंधेरे में तुम कैसे आईं मां?"

बिराज ने कहा, "थोड़े चावल दे।"

"चावल दूं?" कहकर तुलसी हतबुद्धि हो गया; इस अद्भुत प्रार्थना का कोई मतलब उसकी समझ में नहीं आया।

बिराज उसके मुंह की ओर देखती हुई बोली, "खड़ा न रह तुलसी!

जरा जल्दी ला दे।"

और दो-एक सवाल करने के बाद तुलसी ने चावल लाकर बिराज के आचल मे बांध दिए और बोला, "…किन्तु इस मोटे चावल से कैसे काम चलेगा मां ? इसे तो तुम लोग खा न सकोगे ?"

बिराज सिर हिलाकर बोली, "खा सकेंगे।"

इसके बाद तुलसी ने रोशनी लेकर रास्ता दिखाना चाहा। बिराज मना करके बोली, "जरूरत नहीं है, तू अकेला लौटकर न आ सकेगा।" इतना कहकर पलक झपकते-झपकते वह अन्धकार में अदृश्य हो गई।

आज चाण्डाल के घर वह भीख मांगने आई, भीख मांगकर ले गई, फिर भी इतना बड़ा अपमान उसे उतना बींध नहीं सका। शोक, दुःख, अपमान, अभिमान किसी भी वस्तु की तीव्रता अनुभव करने की शक्ति उसकी देह में नहीं रह गई थी।

घर में लौटने पर देखा कि नीलाम्बर आ गया है। स्वामी को उसने तीन दिनों से नहीं देखा। आंख पड़ते ही शरीर का एक-एक रक्त-बिन्दु उद्दाम हो उठा और एक दुर्निवार आकर्षण प्रचण्ड गति से उसे बराबर उस ओर ठेलने लगा, किन्तु इस समय उसे एक पग भी उधर नहीं ले जा सका। तीव्र तड़ित के स्पर्श से धातु जैसे शक्तिमयी हो उठती है, स्वामी को निकट पाकर पल-भर में वह उसी प्रकार शक्तिमयी ही उठी। किन्तु सम्पूर्ण आकर्षण के प्रतिकूल वह स्तब्ध खड़ी रहकर टकटकी लगाए देखती रही।

नीलाम्बर ने सिर्फ एक बार मुंह उठाकर गर्दन झुका ली थी। उसी दृष्टि में बिराज ने देख लिया था कि उनकी दोनों आंखें लाल जवा के फूल के समान घोर रक्तवर्ण हैं। उसे समझते देर न लगी कि मुर्दा फूंकने ले जाकर इन तीन दिनों में उन्होंने बराबर गांजा पिया है। पांच मिनट तक इसी तरह रहने के बाद उसने पास आकर पूछा, "खाना नहीं हुआ ?"

नीलाम्बर बोला, "नहीं।"

बिराज और कोई सवाल न पूछकर रसोई घर की ओर जा रही थी नीलाम्बर ने एकाएक पुकारकर कहा, "सुन, इस रात में अकेले कहां

गई थी ?"

बिराज खड़ी हो गई और एक मुहूर्त तक इधर-उधर करने के बाद बोली, "घाट।"

नीलाम्बर अविश्वास के स्वर में बोला, "नहीं, घाट तो तू जाती नहीं।"

"तब यम के घर गई थी।" कहकर बिराज रसोईघर में चली गई। घण्टा-भर बाद भात निकालकर जब वह बुलाने आई, तब नीलाम्बर आंखें बन्द किए ऊंघ रहा था। अत्यधिक गांजे की कृपा से उसका माथा उस समय गरम तथा बुद्धि कुण्ठित हो गई थी। वह सीधा होकर उठ बैठा और पहले प्रश्न को दुराहता हुआ बोला, "कहां गई थी ?"

बिराज ने अपनी उद्यत जीभ को जोर से काटकर उसे संयमित करते हुए शांत भाव से कहा, "आज खा-पीकर सो रहो, वह बात कल सुनना।"

नीलाम्बर सिर हिलाकर बोला, "नहीं, आज ही सुनूंगा। कहां थी, बोल।"

उसके हठ का ढंग देखकर, इतने दुःख में भी, बिराज हंसकर बोली, "अगर न बताऊं ?"

"बताना ही होगा, बोल।"

"मैं यह किसी तरह न बताऊंगी। पहले खा-पीकर सोओ, तभी सुन सकोगे।"

नीलाम्बर ने इस हंसी पर ध्यान न दिया और दोनों आखें विस्फा-रित करके मुंह ऊपर उठाया–उन आंखों में अब कोई अस्पष्टता न थी, हिंसा और घृणा फूटकर बाहर निकल रही थी। भीषण स्वर में बोला, "नहीं, किसी तरह नहीं, किसी प्रकार नहीं; बिना सुने तुम्हारा छुआ जल तक नहीं पिऊंगा।"

बिराज चौंक उठी; जान पड़ता है कालसर्प के काटने पर भी मनुष्य इस तरह न चौंकेगा। वह गिरती-पड़ती दरवाजे के पास तक पीछे हटकर जमीन पर धम्म से बैठ गई और बोली, "क्या कहा ? मेरा छुआ जल तक न पिओगे ?"

"नहीं, किसी तरह नहीं।"

"क्यों ?"

नीलाम्बर चिल्लाकर बोला, "अभी पूछ रही है, क्यों ?"

बिराज चुपचाप स्थिर दृष्टि से स्वामी के मुंह की ओर ताकती रही, अन्त में धीरे-धीरे बोली, "समझ गई। अब नहीं पूछूंगी। और मैं भी किसी तरह न बताऊंगी, क्योंकि कल जब तुम्हें होश होगा तब खुद ही समझ जाओगे। इस समय तुम अपने में नहीं हो।"

नशाखोर सब सहन कर सकता है, किन्तु एक अपनी बुद्धि के भ्रष्ट होने की बात नहीं सुन सकता। भयानक रूप से क्रुद्ध होकर कहने लगा, "गांजा पिया है, यही तो कह रही है ? गांजा आज मैंने कुछ नया नहीं पिया है कि ज्ञान खो दिया हो, बल्कि ज्ञान खो दिया है तूने। तू ही अब वह नहीं है !"

बिराज़ उसी तरह उसके मुंह की ओर देखती रही।

नीलाम्बर बोला, "किसकी आंखों में धूल झोंकना चाहती है बिराज ? मेरी ? मैं अत्यन्त मूर्ख हूं, इसीलिए उस दिन पीताम्बर की किसी बात पर विश्वास नहीं कर सका। किन्तु वह छोटा भाई है; उसने सचमुच भाई का ही कर्तव्य किया था। नहीं तो तू क्यों बता नहीं सकती कि कहां गई थी ? क्यों झूठी बात कही कि घाट पर गई थी ?"

इस समय बिराज की दोनों आंखें बिलकुल पागल की आंखों की तरह धक्-धक् जल उठीं, फिर भी उसने कण्ठस्वर को संयत कर जवाब दिया, "झूठी बात कही थी, इसलिए कि असली बात सुनकर तुम्हें शर्म आएगी, दुःख होगा, कदाचित् उससे तुम्हारा खाना-पीना भी रुक जाए। किन्तु वह भय मिथ्या है; तुम्हें लज्जा-शर्म भी नहीं है, और अब तुम मनुष्य भी नहीं रह गए हो। किन्तु तुमने झूठी बात नहीं कही। एक पशु को इतना बड़ा छल करते शर्म आती, किन्तु तुम्हें वह भी न आई। साधु पुरुष ! रोगिणी स्त्री को घर में अकेली छोड़कर किस शिष्य के घर तीन दिनों से गांजे का दम लगा रहे थे, बोलो।"

नीलाम्बर अब सहन नहीं कर सका। 'बताता हूं ' कहकर पान का खाली डब्बा, जो उसके पास था, उठाकर उसने बिराज के माथे की ओर जोर के साथ फेंका। वह बड़ा डब्बा उसके सिर में लगकर झनझन करता

हुआ खुलकर नीचे गिर पड़ा। देखते-देखते उसकी आंख के कोने से बहकर होंठों तक खून ही खून हो गया।

बिराज बायें हाथ से सिर पकड़कर चिल्ला उठी, "मुझे मारा ?"

नीलाम्बर का मुंह और होंठ कांपने लगे। बोला, "नहीं, मारा नहीं, किन्तु दूर हो जा मेरे सामने से। अब यह मुंह न दिखा अलक्ष्मी, दूर हो जा।"

बिराज उठ खड़ी होकर बोली, "जाती हूं।" फिर एक पांव आगे जाकर लौट आई और बोली, "किन्तु सह लोगे " कल जब मन में आएगा कि ज्वर होते हुए भी मुझे मारा है, घर से निकाल दिया है, मैंने तीन दिन से खाया नहीं है, तब भी अन्धकार में तुम्हारे लिए भीख मांगकर लाई हूं, तब सह सकोगे ? इस अलक्ष्मी को छोड़कर रह सकोगे ?" खून देख नीलाम्बर का नशा दूर हो गया था, वह मूढ़ की शांति चुप बैठा रहा।

बिराज ने आंचल से पोंछते हुए कहा, "इधर एक साल से जाने-जाने को कर रही थी किन्तु तुम्हें छोड़कर जा न सकी। इधर देखो, अब मेरी देह में कुछ नहीं है, आंख से ठीक तरह दिखाई नहीं पड़ता, एक पग चल नहीं पाई हूं—मैं जाती नहीं, किन्तु स्वामी होकर जो कलंक मुझ पर लगाया है, उसके कारण मैं अब तुम्हें अपना मुंह नहीं दिखाऊंगी। तुम्हारे चरणों के नीचे मरने की आकांक्षा मेरी सबसे बड़ी आकांक्षा थी, उस आकांक्षा को मैं किसी प्रकार छोड़ नहीं पाती थी ! किन्तु आज उसे भी त्याग दिया।" इतना कहकर माथे का रक्त पोंछती-पोंछती खिड़की के खुले द्वार से निकलकर एक बार फिर अंधेरे बाग में मिल गई।

नीलाम्बर कुछ कहना चाहता था, किन्तु जीभ न खुल सकी। दौड़कर पीछे जाना चाहा किन्तु उठ न सका। न जाने किस मायामंत्र ने उसे अचल पत्थर के रूप में बदलकर बिराज अदृश्य हो गई।

आज एक बार उसी सरस्वती नदी की ओर देखो, डर मालूम होगा। वैशाख की वही शीर्णकाया मृदुप्रवाहिनी सावन के अन्त में कितने प्रखर वेग से दोनों किनारों को गिराती चलती है। जिस काले पत्थर पर एक दिन हम वसंत के प्रभात में भाई-बहिन दोनों को असीम स्नेह-सुख में एक होकर बैठे देख चुके हैं, आज बिराज इस अंधेरी रात में हृदय में न जाने

क्या इच्छा लिए, उसी काले पत्थर पर कांपते-कांपते आकर खड़ी हुई। नीचे गम्भीर जलराशि सुदृढ़ प्राचीर की दीवार को धक्का देकर भंवर पर भंवर बनाती बही चली जा रही है उसकी ओर एक बार झुककर देखा, फिर सामने देखने लगी। उसके पांवों के नीचे काला पत्थर था, सिर के ऊपर मेघाच्छन्न काला आकाश था, सामने काला जल था, चारों ओर घना स्तब्ध वन था और हृदय के अन्दर जाग उठी थी आत्महत्या की काली प्रवृत्ति। वह वहीं बैठकर अपने हाथ-पांव मजबूती के साथ बांधने लगी।

१२

सुबह आकाश घने मेघों से घिरा हुआ था; टिप-टिप पानी गिर रहा था। नीलाम्बर खुले दरवाजे के चौखट पर सिर रखकर न जाने कब सो गया था। सहसा उसके सुप्त कानों में आवाज आई, "कहां हो बिराज बहू मां !" नीलाम्बर हड़बड़ाकर उठ बैठा। कदाचित् श्याम का नाम सुनकर ऐसे ही किसी एक वर्षा के मेघाच्छन्न प्रभात में श्री राधा इसी प्रकार व्याकुल हो उठ बैठी होंगी। आंखें मलते-मलते बाहर आकर उसने देखा कि आंगन में खड़ा तुलसी पुकार रहा है। कल सारी रात नीलाम्बर वन-वन में हरेक वृक्ष के नीचे खोजता और रो-रोकर पुकारता रहा। घण्टा-भर पहले ही थककर एवं डरकर लौटा और दरवाजे की ड्योढ़ी पर ही बैठ गया था। उसके बाद न जाने कब सो गया था।

तुलसी ने पूछा, "बाबूजी ! मां कह हैं ?"

नीलाम्बर हतबुद्धि जैसा देखता हुआ बोला, "अभी तू किसे पुकार रहा था ?"

तुलसी बोला, "बहू मां को ही तो पुकार रहा था बाबू ! कल पहर-भर रात गए, जब कहीं कोई न था, तब उस घोर अन्धकार में जाकर मां हमारे घर से मोटे चावल मांगकर लाई थीं। इसी से सुबह दरवाजा खुला पाकर मैं यह जानने चला आया कि क्या उससे कुछ काम निकला।"

नीलाम्बर ने मन ही मन सब कुछ समझ लिया किन्तु बोला नहीं। तुलसी बोला, "तब इतने सवेरे खिड़की किसने खोली ? जान पड़ता है,

बहू मां घाट पर गई हैं।" इतना कहकर वह चला गया।

नदी के तटों पर स्थित प्रत्येक गड्ढे, घुमाव तथा झाड़ी में बिना नहाए-धौए और खाए-पिए खोजते-खोजते नीलाम्बर एक स्थान पर एका-एक खड़ा हो गया और बोला, 'यह क्या पागलपन मेरे सिर पर सवार हो गया है ! क्या अब तक यह बात उसके मन में न उठी होगी कि मैंने दिन-भर से कुछ खाया नहीं है ? अब भी क्या वह किसी कारण से कहीं रुक सकती है ? तब मैं सुबह से यह सब क्या वाहियात काम करता फिर रहा हूं ?' यह सब उसकी आंखों के सामने इस तरह स्पष्ट दिखाई देने लगा कि उसकी सारी दुश्चिन्ता मन से धुल गई। वह कीचड़ और खेतों के ढेलों को ठुकराता तथा नालों को फांदता सांस लेकर घर की ओर भागा। दिन डूब चला था, पश्चिम गगन पर सूर्यदेव ने थोड़ी देर के लिए मेघों की सांध से अपना लाल मुंह दिखाया ही था कि घर में प्रवेश करके वह सीधा रसोईघर में जा खड़ा हुआ। देखा कि अब भी जमीन पर आसन बिछा हुआ है और पिछली रात को परोसा हुआ भात सूखा पड़ा है। चूहे और तिलचट्टे घूम रहे हैं। पहले उसने अंधेरे में ध्यान नहीं दिया था, अब देखा कि यह तुलसीवाला मोटा चावल है जिसे अपने भूखे स्वामी के लिए बिराज बुखार में कांपते-कांपते, अंधकार में छिपते हुए जाकर भी भीख के रूप में मांग लाई थी, इसी के लिए उसने मार खाई और न सुनने योग्य कड़वी बात सुनकर लज्जा और अपमान से वर्षा की दुरन्त रजनी में गृह त्यागकर चली गई है।

नीलाम्बर वहीं बैठकर, दोनों हाथों में मुंह रखकर औरतों की तरह आर्तनाद करता रो पड़ा। जब वह अब तक लौटकर नहीं आई, तब कब आएगी, इसकी कल्पना वह नहीं कर सका। वह अपनी स्त्री को पहचानता था। वह कितनी स्वाभिमानिनी है, प्राण जाने पर भी पराये घर में आश्रय लेकर इस कलंक को प्रकट करना नहीं चाहेगी, इसे वह अच्छी तरह और बिना किसी संशय के समझता था। इसीलिए उसके हृदय के भीतर इतनी जल्दी ऐसा हाहाकार उठ खड़ा हुआ। फिर वह औंधा पड़कर और दोनों भुजाएं सामने की ओर फैलाकर निरन्तर यही कहने लगा, "मैं इसे सह न सकूंगा बिराज ! तू आ जा !"

संध्या हो गई, पर इस घर में किसी ने दीपक नहीं जलाया; रात हुई और किसी ने रसोईघर में प्रवेश नहीं किया। रोते-रोते नीलाम्बर का मुंह और आंखें सूज गईं, पर किसी ने उसके आंसू नहीं पोंछे, दो दिन के भूखे-प्यासे को किसी ने खाने के लिए नहीं पुकारा। बाहर जोर से पानी पड़ने लगा, घने अंधकार को चीरकर विघु तशिखा उसके मुंदे नयनों के अन्दर के भाग तक को प्रकाशित कर दुर्योग का बार-बार स्मरण दिलाने लगी; किन्तु वह उठा नहीं, आंखें नहीं खोलीं, एक ही प्रकार से मुंह नीचे करके 'गों-गों' करने लगा।

जब उसकी नींद खुली तो सवेरा हो गया था। बाहर की ओर एक अस्पष्ट कोलाहल सुनकर दौड़ गया तो देखा कि दरवाजे पर एक बैलगाड़ी खड़ी है। व्यस्त होकर सामने आ खड़ा होते ही छोटी बहू घूंघट निकाले उतर पड़ी। बड़े भाई के प्रति एक वक्र कटाक्ष करता पीताम्बर अपने घर की ओर चला गया। छोटी बहू के भूमिष्ठ हो प्रणाम करते ही नीलाम्बर अस्फुट स्वर में आशीर्वाद देते-देते 'हू-हू' करके रो पड़ा। विस्मित छोटी बहू के सिर उठाकर देखते न देखते वह न जाने कहां अदृश्य हो गया।

छोटी बहू जीवन में आज पहली बार स्वामी के विरुद्ध प्रतिवाद करने के लिए तिरछी खड़ी हो गई। आंसू से भरी लाल-लाल आंखें उठाकर उसने कहा, "क्या तुम पत्थर के बने हो ? दुःख-कष्ट में जीजी ने आत्मघात कर लिया तब भी क्या हम पराये ही बने रहेंगे ? तुम रह सको तो रहो, किन्तु मैं आज से उस घर का सब काम करूंगी।"

पीताम्बर चौंककर बोला, "यह क्या कह रही हो !"

मोहिनी ने तुलसी से जो कुछ सुना था तथा खुद जो कुछ अनुमान कर सकी थी, वह सब रोते-रोते कह डाला।

पीताम्बर सहज ही विश्वास करने वाला आदमी नहीं था। बोला, "उनकी लाश तो पानी में उतराएगी।"

छोटी बहू ने आंखें पोंछकर कहा, "यह भी तो हो सकता है कि न उतराए। स्रोत में बह गई है, सम्भव है, सती लक्ष्मी की देह को मां गंगा ने अपने हृदय में छिपा लिया हो। इसके अलावा खोज ही किसने की है, कौन पता लगाता फिरा है, बोलो ?"

पीताम्बर ने पहले तो विश्वास नहीं किया, पर अन्त में बोला, "अच्छा, मैं खोज करता हूं।" फिर कुछ सोचकर बोला, "कहीं मामा के घर तो नहीं चली गईं?"

मोहिनी सिर हिलाकर बोली, "हर्गिज नहीं। जीजी बड़ी स्वाभिमानिनी हैं। वे कहीं नहीं गई हैं; बस, नदी में ही प्राण दिए हैं।"

"अच्छा, देखता हूं।" कहकर पीताम्कर सूखे मुंह के साथ बाहर चला गया। भाभी के लिए आज हठात् उपका मन उदास हो गया। उसने कुछ आदमियों को खोज में लगाया, एक प्रजा को बिराज के मामा के घर भेजा। इस प्रकार जीवन में आज पहली बार पुण्यकर्म किया। स्त्री से पुकारकर कहा, "यदु को बुलाकर बीच के बाड़े को तुड़वा दे; और भी तुझसे जो हो सके, कर। दादा के मुंह की ओर देखते नहीं बनता।" इतना कहकर थोड़ा-सा गुड़ खाकर पानी पीया और बस्ता बगल में दबाकर अपने काम पर चला गया। चार-पांच दिन बाहर रहने से उसको बड़ी क्षति पहुंची थी।

काम करते-करते छोटी बहू बार-बार आंखें पोंछकर सोच रही थी कि ये जिस मुंह की ओर देख नहीं सकते, न जाने वह मुंह कैसा हो गया है। नीलाम्बर चण्डीमण्डप के बीच आंखें मूंदे स्तब्ध बैठा हुआ था।

सहसा वह अपने जाग्रत देवता से बुदबुदाता हुआ कहने लगा, "अन्तर्यामी प्रभु! तुम तो सद कुछ देखने में समर्थ हो। जब उसने जरा भी अपराध नहीं किया, तब सम्पूर्ण अपराध मेरे ही सिर पर डालकर उसे स्वर्ग जाने दो। यहां उसने बड़ा दुःख पाया है, अब उसे और दुःख न देना।" उसकी बन्द आंखों की कोरों से जल झरने लगा। एकाएक उसका ध्यान टूट गया।

"पिताजी!"

नीलाम्बर ने विस्मित होकर देखा कि छोटी बहू निकट ही बैठी है। उसके मुंह पर एक सामान्य घूंघट है। वह सहज कण्ट से बोली, "मैं आपकी बेटी हूं, पिताजी! अन्दर आइए, स्नान करके आज आपको कुछ खाना होगा।"

पहले तो नीलाम्बर अवाक् होकर ताकता रहा। लगा, जैसे कितने

युग बीत गए, उसे किसीने खाने के लिए नहीं पुकारा। छोटी बहू पुनः बोली, "पिताजी ! रसोई तैयार हो गई है।"

इस बार उसने समझा। एक बार उसका सारा शरीर कांप उठा। उसके बाद वह वहीं औंधा पड़कर रो पड़ा, "रसोई हो गई बेटी !"

गांव में सबने सुना, सभीने विश्वास किया कि बिराज बहू जल में डूबकर मर गई है; विश्वास नहीं किया एक धूर्त पीताम्बर ने। वह मन ही मन तर्क करने लगा कि इन नदी में इतना घुमाव है, इतनी झाड़ियां हैं कि लाश कहीं न कहीं अटक जाएगी। वह नदी में नाव लेकर किनारे-किनारे घूमा-फिरा, तट की भूमी के वनों की अपने आदमियों ले खूब खोज करा ली, किन्तु जब कहीं लाश का कुछ पता न लगा तब उसे निश्चित रूप से यह विश्वास हो गया कि भाभी ने और चाहे जो कुछ किया हो, किन्तु वह नदी में डूबकर मरी नहीं है। कुछ दिन पहले एक और सन्देह उसके मन में उठा था, अब पुनः उसके मन में उठने और घूमने लगा। किन्तु किसीके सामने उसे कहने का अवसर न था। एक बार मोहिनी से कहने गया था, किन्तु वह जीभ काटकर और कानों में अंगुली देकर पीछे हटकर बोली, "यदि तुम्हारी बात सत्य हो तो ये देवता और भगवान भी झूठे हैं, दिन भी मिथ्या है, रात भी असत्य है।" दीवार में टंगे हुए अन्नपूर्णा के चित्र की ओर देखकर बोली, "जीजी इन्हींका अंश थीं। यह बात कोई जाने या न जाने, किन्तु मैं जानती हूं।" इतना कहकर बस चली गई।

पीताम्बर ने क्रोध नहीं किया, अकस्मात् जैसे वह दूसरा ही मनुष्य हो गया हो। मोहिनी ने भसुर (जेठ) के साथ बातचीत करनी शुरू कर दी है। थाली परोसने के बाद जरा आड़ में बैठकर एक-एक करके पूरी घटना उसने जान ली है। सारी दुनिया में एक वह ही जान पाई कि क्या घटना घटी है, एक वही समझ पाई है कि कैसी ममांन्तक वेदना उसके हृदय को बींध गई है।

नीलाम्बर बोला, "बेटी मैंने चाहे कितनी ही गलतियां की हों, पर जानबूझकर नहीं कीं, तब क्यों सारी माया-ममता काटकर वह चली गई ! और अधिक नहीं सह सकती थी, क्या इसलिए चली गई बेटी ?"

मोहिनी बहुत-सी बातें जानती थी; एक बार इच्छा हुई, कह दे कि एक दिन जीजी ने जाने की बात कहकर अपने स्वामी का बोझ उसपर डाल दिया था, किन्तु वह चुप रही।

पीताम्बर ने स्त्री से पूछा, "क्या तुम दादा से बात करती हो ?"

मोहिनी ने उत्तर दिया, "उन्हें पिता कहती हूं, इसीसे बात करती हूं।"

पीताम्बर न हसकर कहा, "किन्तु लोग तो सुनकर निन्दा करेंगे !"

मोहिनी रूष्ट होकर बोली, "लोग और क्या कर सकते है ? वे अपना काम करें, मैं अपना काम करती हूं। इस अवस्था में यदि मैं उन्हें बचा सकी तो मैं लोकनिन्दा को सिर पर उठा लूंगी।" इतना कहकर वह काम करने चली गई।

१३

पन्द्रह महीने बीत गए हैं। आगामी शारदीय पूजा के आनन्द की छाया जल, थल, आकाश, हवा सबमें फैल रही है। तीसरे पहर नीलाम्बर कम्बल के एक आसन पर स्थिर बैठा है। शरीर बहुत दुबला हो गया है, मुंह कुछ पीला पड़ गया है, सिर पर छोटी-छोटी जटाएं बन गई हैं, आंखों में वैराग्य और विश्वव्यापी करुणा है। महाभारत की पोयी बन्द करके रखने के बाद विधवा भ्रातृवधू को पुकारकर बोला, "बेटी ! जान पड़ता है कि आज पूंटी आदि के आने की आशा नहीं है।"

शुभ्र वस्त्रावृता, निराभरणा छोटी बहू थोड़ी दूर पर बैठी इतनी देर से महाभारत सुन रही थी, समय का अनुमान लगाकर बोली, "नहीं पिताजी ! अब भी समय है, आ भी सकती हैं।"

भयंकर ससुर की मृत्यु हो जाने के कारण पूंटी अब स्वाधीन है। वह पति एवं दास-दासियों के साथ आज पिता के घर आ रही है, पूजा के समय कुछ दिन वह यहीं रहेगी, ऐसी खबर उसने भेजी है। इस बीच यहां क्या-क्या हो गया है, इसकी कोई खबर उसे नहीं है। माता जैसी उसकी भाभी नहीं है और छः मास पहले सांप के काट लेने से मंझले भाई पीताम्बर की मृत्यु हो चुकी है, इन सब बातों का उसे कोई ज्ञान नहीं है।

नीलाम्बर लम्बी सांस लेकर बोला, "मुझे लगता है कि न आती तो ही अच्छा होता ! इतना दुःख एकसाथ ही वह कैसे सह पाएगी ?"

अत्यधिक प्यारी छोटी बहिन की याद करके बहुत दिनों बाद आज उसके शुष्क नयनों में जल भर आया। जिस रात सांप के काटने पर पीताम्बर ने उसके दोनों चरण पकड़कर कहा था, "दादा ! मुझे और कोई दवा-दारू नहीं चाहिए, केवल अपने पांवों की धूलि मेरे मुंह में डाल दो। इससे यदि न बचा तो फिर बचना भी नहीं चाहता।" और इतना कहकर सब प्रकार की झाड़-फूंक को बलपूर्वक अस्वीकार करके बार-बार उसके पावों में अपना माथा रगड़ने लगा था एवं विष की यातना से मुक्ति पाने की आशा से अन्तिम क्षण तक उसके पांव नहीं छोड़े थे, उसी दिन नीलाम्बर अन्तिम बार रोकर चुप हो गया था। आज फिर उसकी आंखों में जल भर उठा। पतिव्रता, साध्वी छोटी बहू ने अपनी आंखों के आंसू छिपाकर पोंछ लिए और चुप हो रही।

नीलाम्बर धीरे-धीरे कहने लगा, "उसके लिए इतना दुःख नहीं करता बेटी ! मेरे पीताम्बर की तरह बिराज को भी यदि भगवान ने उठा लिया होता तो आज हमारे सुख का दिन होता। वह तो हुआ नहीं। पूंटी अब बड़ी हो गई, उसे बुद्धि आ गई है, अपनी मां जैसी भाभी का यह कलंक सुनकर उसकी छाती के भीतर कैसा होगा बेटी ! फिर तो वह सिर उठाकर देख भी न सकेगी।"

सुन्दरी ने अधिक आत्मग्लानि सहने में असमर्थ हो महीने पहले नीलाम्बर के सामने यह स्वीकार कर लिया था कि उस रात बिराज मरी नहीं, जमींदार राजेन्द्र के साथ घर छोड़कर निकल गई थी। नीलाम्बर का मानसिक कष्ट अब उससे देखा नहीं जा रहा था, उसने सोचा था, इस बात को सुनकर वह उसपर क्रोधित होगा और दुःख भूल जाएगा। घर आकर नीलाम्बर ने यह बात सुनाई थी।

उसी बात को याद कर छोटी बहू क्षण-भर चुप रहने के बाद मृदु स्वर से बोली, "ननदजी को बताने की जरूरत नहीं है।"

"कैसे छिपा सकूंगा बेटी ? जब वह पूछेगी कि भाभी का क्या हुआ, तब क्या जवाब दूंगा ?"

छोटी बहू बोली, "सभी जानते हैं कि जीजी ने नदी में डूबकर प्राण दिए हैं, वही उन्हें भी बताना होगा।"

नीलाम्बर ने सिर हिलाकर कहा, "वह नहीं हो सकता बेटी ! सुनता हूं छिपाने से पाप और बढ़ता है। हम उसके अपने आदमी हैं, हम उसके पाप का बोझ और नहीं बढ़ाएंगे।" इतना कहकर वह जरा हंसा। उस हंसी में कितनी व्यथा, कितनी क्षमा है, इसे छोटी बहू ने समझा। क्षण-भर बाद छोटी बहू बड़ी संकुचित होकर मृदु स्वर में बोली, "पर ये सब बातें सच नहीं हैं, पिताजी !"

"कौन-सी सब बातें बेटी ? तुम्हारी जीजी की ?"

छोटी बहू नीचे मुंह किए हुए मौन बनी रही।

नीलाम्बर बोला, "सच कैसे नहीं है बेटी। सब सच है। जानती तो है बेटी, कि गुस्सा होने पर उस पगली को ज्ञान नहीं रहता था। जब जरा-सी थी तब भी यह बात थी जब बड़ी हुई तब भी वही बात रही। फिर जो अत्याचार, जो अपमान मैंने किया था, मैं समझता हूं कि उसे स्वयं नारायण भी नहीं सह सकते थे, वह तो मनुष्य ही थी।" नीलाम्बर ने हाथ से आंसू पोंछकर कहा, "याद आने पर कलेजा फट जाता है बेटी ! हतभागी तीन दिनों से भूखी थी, फिर भी ज्वर में कांपते-कांते मेरे लिए थोड़े-से चावल की भीख मांगने गई थी। उबी अपराध के लिए मैंने···" आगे वह बोल न सका, धोती का खूंट मुंह में ठूंसकर अन्दर से उठते रोदन को बलपूर्वक रोकने की चेष्टा करता हुआ जी मसोस-मसोस उठा।

छोटी बहू स्वयं भी उसी तरह रो रही थी, उसने भी कुछ नहीं कहा। इस तरह बहुत समय गुजर गया।

बहुत देर बाद नीलाम्बर कुछ शान्त हुआ और अपना मुंह एवं आंखें पोंछकर बोला, "बहुत-सी बातें तू जानती है, तब भी सुन बेटी ! नहीं जानता कि कैसे उसी रात को वह अज्ञानी और उन्मत होकर सुन्दरी के घर तक गई थी। इसके बाद···ओ : !···रुपये के लोभ से सुन्दरी पगली को उसी रात बाबू के बजरे पर पहुंचा आई थी।"

उसकी बात पूरी होते न होते मोहिनी अपने को भूलकर, लज्जा-

शर्म सब छोड़, उच्च कण्ठ से बोल उठी, "यह हर्गिज सत्य नहीं है पिताजी, हर्गिज सत्य नहीं। जीजी की देह से प्राण रहते इस तरह का काम कोई उनसे करा नहीं सकता। वे तो सुन्दरी का मुंह तक नहीं देखती थीं।"

नीलाम्बर ने शान्त भाव से कहा, "वह भी सुना है कदाचित् तुम्हारी ही बात सच है बेटी ! उसके शरीर में प्राण नहीं थे। अच्छी तरह होश संभालने के पहले ही उसने अपने प्राण मुझे अर्पण कर दिए थे। उन्हें तो ले नहीं गई, आज भी वे मेरे पास हैं।" इतना कहकर नयन मूंदकर जैसे अपने हृदय के अन्तरतम भाग को वह डूबकर देखने की चेष्टा करने लगा।

छोटी बहू मुग्ध होकर उस शान्त, पीले निमीलित मुख की ओर ताकती रही। उस मुख पर क्रोध या हिंसा-द्वेष की जरा भी छाया नहीं हैं। है केवल असीम व्यथा और अनन्त क्षमा की अनिर्वचनीय महिमा। वह गले में आंचल डालकर और प्रणाम करके मन ही मन उसकी चरण-धूलि सिर से लगाकर चुपचाप खड़ी हुई। सन्ध्यादीप जलाते-जलाते मन ही मन बोली, 'जीजी पहचानती थी, इसीलिए एक दिन भी इन्हें छोड़कर रहना नहीं चाहती थीं।'

▭▭

चार साल की लम्बी अवधि के बाद पूंटी अपने बाप के घर आई थी और बड़े आदमियों की तरह आई थी। उसके पति, छः: महीने का लड़का, पांच-छ: दास-दासी एवं अनगिनत सामान से सारा घर भर गया है। स्टेशन पर उतरते ही यदु भृत्य से खबर पाकर उसने रोना शुरू कर दिया था। ऊंचे स्वर में रोते-रोते सारे मुहल्ले को चकित करके एक पहर रात गए उसने घर में प्रवेश किया और दादा की गोद में मुंह छिपाकर उकड़ू बैठ गई। उस रात उसने पानी तक नहीं पिया, दादा को भी नहीं छोड़ा और मुंह ढके हुए ही एक-एक करके उसने सब बातें सुनीं। पहले भी वह भाभी से कुछ भय करती थी, संकोच करती थी किन्तु दादा को मानो पुरुष ही नहीं मानती थी, उनसे संकोच भी नहीं करती थी। उसके सारे उपद्रव अपने दादा को ही लेकर थे। ससुराल जाने के एक दिन पहले भी वह भाभी की घुड़की खाकर दादा के गले से लिपटकर रोई थी। उसके

उसी दादा को जिसने इतने दिन इतना दुःख दिया है, इस प्रकार जीर्ण-शीर्ण और पागल-सा कर दिया है, उसके प्रति उसके क्रोध एवं द्वेष की सीमा नहीं रह गई। दादा के इतने बड़े दुःख के सामने पूंटी ने अपने समस्त दुःख को तुच्छ समझ लिया। उसे अपनी ससुराल के लोगों के ऊपर घृणा हुई, छोटे भैया की सर्पदंश से हुई मृत्यु ने भी उसे व्यथित नहीं किया और उसकी दुःखिनी विधवा की ओर से भी उसने मुंह फिरा लिया।

दो दिनों बाद ही उसने अपने पति को बुलाकर कहा, "मैं दादा को लेकर पश्चिम की ओर घूमने जाऊंगी; तुम सबको लेकर घर लौट जाओ और इच्छा हो तो तुम भी साथ चलो।"

योगेन अनेक युक्ति-तर्क के बाद पहली बात को ही अधिक साध्य समझकर सामान बंधवाने के लिए बाहर चला गया। यात्रा की तैयारी होने लगी। पूंटी ने गुप्त रूप से सुन्दरी को बुलवाया था किन्तु वह आई नहीं। जो बुलाने गया था उससे कह दिया कि मैं अपना मुंह न दिखा सकूंगी, जो कुछ कहने योग्य था सब कह चुकी हूं, अब कुछ कहने को नहीं है। पूंटी क्रोध से अधर काटकर चुप हो रही। पूंटी की निदारुण उपेक्षा और उससे भी अधिक निष्ठुर व्यवहार से छोटी बहू को जो व्यथा हुई उसे अन्तर्यामी के सिवाऔर कोई जान न सका। उसने हाथ जोड़कर मन ही मन जेठानी को याद कर कहा, "जीजी! तुम्हारे सिवा मुझे और कौन समझेगा? जहां भी हो, यदि तुमने मुझे क्षमा कर दिया है तो वही मेरा सर्वस्व है।"

छोटी बहू सदा से चुप रहनेवाली है। आज भी वह मौन रहकर सबकी सेवा करने लगी, किसीसे कुछ न कहा। उसके जेठ को खिलाने का भार पूंटी ने ले लिया था, इसलिए इधर कई दिनों से वहां भी बैठने की जरूरत उसे न पड़ी। जाने के दिन नीलाम्बर बड़े आश्चर्य में आकर बोला, "क्या तुम न जाओगी बेटी?"

छोटी बहू ने चुपचाप सिर हिला दिया।

पूंटी बच्चे को, गोद में लिए दादा के पास आकर सुनने लगी।

नीलाम्बर बोला, "यह नहीं हो सकता बेटी! तुम अकेली कैसे रहोगी

और रहकर क्या होगा बेटी ? चलो।"

छोटी बहू ने वैसे ही मुंह नीचा किए हुए सिर हिलाकर कहा, "नहीं पिताजी ! मैं कहीं भी न जा सकूंगी।"

छोटी बहू के मायके की हालत बहुत अच्छी है। विधवा लड़की को ले जाने की कोशिश उन लोगों ने कई बार की, किन्तु वह किसी तरह नहीं गई।

उस समय नीलाम्बर मन में सोचता था कि वह केवल उसीके कारण नहीं जा रही है। किन्तु इस सूने घर में क्या है जिसके लिए वह यहां रहना चाहती है, इसे वह किसी तरह न समझ सका। पूछा, "बेटी ! तू क्यों नहीं जा सकती ?"

छोटी बहू चुप रही।

"न बताने पर तो मैं भी न जा सकूंगा बेटी !"

छोटी बहू ने मृदु कष्ठ से कहा, "आप जाएं, मैं रहूंगी।"

"क्यो ?"

छोटी बहू फिर कुछ देर तक मौन रहकर मन ही मन अपने संकोच की जड़ता प्राणण से हटाने की चेष्टा करने लगी। फिर थूक निगलकर अत्यन्त मृदु स्वर में बोली, "जीजी, कभी आ गईं तो ? इसलिए मैं कहीं भी न जा सकूंगी पिताजी !"

नीलाम्बर चौंक उठा। तीव्र बिजली से आंखें चौंधिया जाने पर जैसा होता है, वैसा ही उसे चारों ओर अन्धकार दिखाई पड़ा, किन्तु क्षण-भर के लिए ही। क्षण-भर में ही अपने को शांत करके एक क्षीण हंसी हंसकर उसने कहा, "छि: बेटी, अगर तुम भी पागल की तरह ऐसी बात करोगी, इतनी अबूझ हो जाओगी, तब मेरा क्या हाल होगा ?"

छोटी बहू ने पल-भर के लिए आंखें बन्द करके अपने हृदय के अन्दर देखा और दूसरे ही क्षण संशयहीन, स्थिर, परन्तु मृदु स्वर में बोली, "मैं अबूझ नहीं हूं पिताजी ! आपकी जो इच्छा हो कहिए, किन्तु जब तक चांद-सूरज को निकलते देखूंगी, तब तक इस बारे में किसी की बात पर मैं विश्वास नहीं कर सकती।"

भाई-बहन पांस-पास खड़े अवाक् होकर उसकी ओर देखते रहे। वह

उसी प्रकार दृढ़ स्वर में कहने लगी, "स्वामी के चरणों में सिर रखकर मरने का वरदान जीजी ने आपसे प्राप्त किया था, वह वरदान किसी तरह निष्फल नहीं हो सकता। मेरी सती लक्ष्मी जीजी निश्चय ही लौट आएंगी। जब तक जीती रहूंगी, इसी आशा से उनका रास्ता देखती रहूंगी। पिताजी! मुझे कहीं भी जाने को न कहिए।" इतना कहकर बहुत ज्यादा बोलने के कारण मुंह नीचे करके वह हांफने लगी।

नीलाम्बर और सहन न कर सका; जो रुलाई उसके गले तक आकर बाहर निकलने के लिए उमड़ने लगी उसे कहीं आड़ में जाकर निकालने के लिए दौड़कर भाग गया।

पूंटी ने एक बार चारों ओर देखा, फिर नजदीक आकर अपने बच्चे को पांव के पास बिठाकर आज पहली बार अपनी विधवा भाभी के गले से लिपटकर अस्फुट स्वर से रोती-रोती बोली, "भाभी! मैं तुम्हें कभी पहचान न पाई, मुझे क्षमा करो।"

छोटी बहू ने झुककर बच्चे को उठा लिया; उसे छाती से लगाकर तथा उसका मुंह चूमकर अपने आंसू छिपाती हुई रसोईघर में चली गई।

१४

बिराज का मरना ही ठीक था, किन्तु मरी नहीं। उसी रात को, मरने के ठीक पूर्व-मुहूर्त में उसके बहुत दिनों के दुःख और गरीबी से पीड़ित, कमजोर और खराब हो रहे दिमाग ने, भूख और अपमान की असह्य चोट के कारण, उसे मरण का रास्ता छोड़ एक बिलकुल ही दूसरे रास्ते पर खड़ा कर दिया। मृत्यु को कलेजे में रखे जब वह अपने हाथ-पांव आंचल से बांध रही थी, उसी समय कहीं बिजली गिरी। उस डरावने शब्द से चौंककर, मुंह उठाकर उसी की तेज रोशनी में उस पार का वही स्नान को घाट और मछली पकड़ने का लकड़ी का मचान उसको दिखाई दे गया। जैसे वे इतने दिनों से आंखें बन्द किए उसकी दृष्टि की अपेक्षां कर रहे थे और आंखें चार होते ही इशारा करके उसे पुकार उठे हों। बिराज एकाएक भीषण स्वर में बोल उठी, "साधु पुरुष तो हमारे हाथ का जल तक न पिएंगे, किन्तु वह पापी तो पिएगा! अच्छा!"

लोहार की धौंकनी के मुंह पर जलता हुआ कोयला जिस तरह जलकर राख हो जाता है, बिराज के प्रज्वलित मस्तिष्क के मुंह में पड़कर उसका अतुल अमूल्य हृदय भी उसी तरह जलकर राख हो गया। वह स्वामी को भूल गई, धर्म को भूल गई, मृत्यु को भूल गई और केवल टकटकी लगाकर उस पार के घाट की ओर देखने लगी। एक वार फिर कड़-कड़ करती, अन्धकार में आकाश की छाती को चीरकर बिजली चमक गई और उसको विस्फारित दृष्टि संकुचित होकर अपनी ही तरफ लौट आई। उसने एक बार मुंह आगे बढ़ाकर जल की ओर देखा, एक बार सिर घुमाकर घर की तरफ देखा, फिर अपने छोटे-छोटे हाथों से अपना बंधन खोलकर पलक मारते न मारते अंधेरे जंगल में जाकर अदृश्य हो गई। उसकी तेज चरण-ध्वनि से डरकर कितने ही जीव-जन्तु सर-सर, खस-खस शब्द करते रास्ते से हट गए; उसने उधर भ्रूक्षेप भी नहीं किया–वह सुन्दरी के पास जा रही है। पंचानन ठाकुर के तल्ले में उसका घर है, पूजा करने जाकर वह कितनी ही बार उसे देख आई है। इस गांव की बहू होकर भी छुटपन से इस गांव के प्रायः सभी रास्तों और घाटों को वह पहचानती है। थोड़ी ही देर में वह सुन्दरी की बन्द खिड़की के किनारे जाकर खड़ी हो गई।

इसके दो घण्टे बाद ही कंगाली ने जल में अपनी डोंगी उस पार के लिए छोड़ दी। कितनी ही रातों में वह पैसे के लालच से सुन्दरी को उस पार पहुंचा आया है। आज भी ले जा रहा है, किन्तु आज कुछ अन्तर है। आज एक की जगह दो रमणियां चुप बैठी हुई हैं। अंधकार में बिराज का मुंह वह देख नहीं पाया, देख भी पाता तो पहचान न सकता। अपने घाट के पास आने पर दूर से ही अंधेरे तट पर एक अस्पष्ट लम्बी सीधी देह को खड़े देख बिराज ने आंखें बन्द कर लीं।

सुन्दरी ने चुपके-चुपके फिर पूछा, "बहू मां ! किसने इस तरह मारा ?"

बिराज अधीर होकर बोली, "मेरे शरीर पर हाथ छोड़नेवाला उनके सिवा और कौन हो सकता है सुन्दरी, कि तू बार-बार पूछती है ?' सुन्दरी अप्रतिभ होकर चुप बैठ रही।

और भी दो घण्टे बाद सुसज्जित बजरे ने जैसे ही लंगर उठाने की

तैयारी की बिराज सुन्दरी की और देखकर बोली, "तू साथ न चलेगी ?"

"नहीं बहू मां ! मेरे यहां न रहने पर लोग और सन्देह करेंगे। जाओ बहू मां ! भय की बात नहीं है, फिर भेंट होगी।" बिराज और कुछ न बोली। सुन्दर कंगाली की डोंगी पर घर लौट आई।

जमींदार का सुन्दर बजरा बिराज को लेकर तट से धारा में आया और त्रिवेणी की ओर चल पड़ा। डांडों के शब्द को दबा देने वाली हवा चलने लगी। दूर एक किनारे मौन राजेन्द्र सिर नीचा किए शराब पीने लगा; बिराज पत्थर की मूर्ति की भांति जल की ओर ताकती बैठी रही। आज राजेन्द्र ने खूब शराब पी थी। शराब के नशे ने उसके शरीर के रक्त को उत्तप्त और मगज को उन्मत्त-प्राय: कर दिया था। जब बजरा सप्तग्राम की सीमा छोड़ आगे बढ़ा, तब वह उठकर पास आ बैठा। बिराज के रूखे बाल बिखरकर लोट रहे थे–उसे किसी बात की चेतना नहीं थी। कौन आया, कौन पास बैठा, इसकी ओर उसने भ्रूक्षेप भी नहीं किया।

किन्तु राजेन्द्र को यह क्या हो गया ? एकाएक किसी भयंकर स्थान में आ पड़ने पर, भूत-प्रेत के भय से मनुष्य के हृदय में जैसी हलचल मच जाती है, वैसे ही उसके हृदय को विचलित करने वाला आतंक का तूफान उठ खड़ा हुआ। वह सिर्फ देखता ही रह गया, पुकारकर बातचीत न कर सका। और इसी रमणी के लिए उसने क्या नहीं किया ! दो सोल से रात-दिन मन ही मन उसका अनुसरण करता रहा है; सोते-जागते उसी का ध्यान करता रहा है; आंखों से देख पाने के लोभ से भूख-प्यास और नींद भूलकर जंगल-जंगल छिपा फिरता रहा है। स्वप्न में भी प्राप्त न हो सकने वाला यह समाचार जब सुन्दरी ने उसे आज जागकर चुपके से सुनाया, तो वह भावावेश से अभिभूत होने के कारण अपने इस सौभाग्य पर विश्वास ही न कर सका था।

सामने नदी तिरछी होकर दोनों तटों पर लगी दो बड़ी बंसवारियों तथा अनेक पुराने बरगद एवं पाकड़ के वृक्षों के भीतर होकर आगे बढ़ी थी; स्थान-स्थान पर बांस एवं अन्य वृक्षों की डालों ने पानी पर झुक-झुककर समस्त स्थान को घने अंधकार से पूर्ण कर रखा था। बजरे के इस स्थान में प्रवेश करने के पहले राजेन्द्र ने साहस बटोरकर और गले

की जड़ता को हटाकर किसी तरह कहा, "तुम···आप···आप जरा भीतर चलकर बैठिए, इस जगह शरीर में पेड़ों की डालियां लगेंगी।"

बिराज ने मुंह चिराकर देखा। सामने एक छोटा दीया जल रहा था। उसीके धुंधले प्रकाश में आंखें चार हुईं। पहले भी हुई थीं। उस समय वह दुराचारी दूसरे की जमीन पर खड़ा होकर भी उस दृष्टि को सहन कर सका था, किन्तु आज अपने अधिकार के बीच पाकर और अपने को नशे में मस्त करके भी वह उस चितवन के सामने अपना सिर सीधा नहीं रख सका, गर्दन झुका ली। किन्तु बिराज ताकती ही रही। एक परपुरुष उसके इतने निकट बैठा है, फिर भी मुख पर घूंघट नहीं है, सिर पर आंचल नहीं है। इसी समय बजरे के घनी छायादार झाड़ियों के बीच प्रवेश करते ही खेनेवाले लोग डांड रखकर टकराने वाली डालियों को हटाने में लग गए। इस स्थान पर नदी के संकरी होने के कारण धारा भी बड़ी तेज थी। 'ओ रे सावधान' कहकर राजेन्द्र ने माझियों को होशियार किया और 'लग जाएगा, भीतर आइए' कहकर कमरे में चला गया।

बिराज मोहाच्छन्न और यंत्रचालित की तरह उसके पीछे-पीछे कमरे में चली, किन्तु अन्दर पांव रखते ही 'अरी मैया' कहकर चिल्ला उठी।

उस चीत्कार से राजेन्द्र चौंक पड़ा। उस समय दीये के अस्पष्ट प्रकाश में बिराज की दोनों आंखें रक्तिम सिन्दूर चामुण्डा के तीन नयनों की तरह जल उठीं। वह मतवाला उस आग के सामने आहत कुत्ते की तरह, एक भीत एवं विकृत शब्द करके कांपते हुए भाग खड़ा हुआ। अंधकार में बिना जाने आदमी जैसे गीले, ठण्डे और चिकने सांप पर एकाएक पैर पड़ जाने से उछल पड़ता है, वैसे ही बिराज छिटककर बाहर आ गई, एक बार जल की ओर देखा और दूसरे ही क्षण 'मैया री ! यह मैंने क्या किया !' कहकर उस अंधेरे अतल जल में कूद पड़ी। डांड़ चलाने वाले और मांझी आर्तनाद कर उठे। उनके घबराकर इधर-उधर दौड़ने से बजरा उलटने-पलटने को हो गया–और कुछ तो वे कर न सके। सबके सब बड़े ध्यान से जल की ओर देखने पर भी उस दुर्भेद्य अन्धकार में कुछ न देख सके। राजेन्द्र तक ने जरा भी हरकत न की।

उसका नशा उतर गया था किन्तु वह खड़ा रहा। कुछ देर बाद बजरा स्वयं ही प्रखर धारा से बाहर निकल आया, तब प्रधान मांझी ने पास आकर पूछा, "बाबू! क्या करना होगा? पुलिस को तो खबर देनी ही पड़ेगी?" राजेन्द्र ने विह्वल की भांति उसके मुंह की ओर देखते रहकर भग्न कण्ठ से कहा, "क्यों, जेल जाने के लिए? गदाई, जैसे भी हो यहां से भाग चल!" गदाई मांझी पुराना आदमी था, बाबू को पहचानता था–सभी पहचानते थे इसलिए पहले से ही इस घटना का कुछ अनुमान उन्हें था। इस इशारे से उसकी आंखें खुल गईं। उसने सबको एकत्र कर उन्हें चुपके ही चुपके कुछ आदेश दिया और बजरे को दौड़ाकर अदृश्य हो गया।

कलकत्ता के आस-पास पहुंचकर राजेन्द्र ने सांस ली। पिछली रात के गहरे अंधकार में सामना होने पर उसने जो आंखें देखी थीं, दिन के समय इतनी दूर चले आने पर भी उनका स्मरण आते ही उसका शरीर कांप-कांप उठता था। मन ही मन अपना कान पकड़कर वह बोला–इस जीवन में अब यह काम न करूंगा। किसके अन्दर क्या छिपा है, इसे कोई नहीं जानता। उस पगली ने अपने उन कालेनेत्रों से मेरे पैतृक प्राण नहीं हर लिए, इसे ही उसने अपना परम भाग्य माना और किसी भी कारण से कभी उधर फिर मुंह कर सकूंगा, इसका भरोसा उसे नहीं रह गया। अभी तक मूर्ख कुलटाओं से ही उसकी सांठ-गांठ हुई थी। वह जानता ही न था कि सती क्या चीज है। आज उस पापिष्ठ के कलुषित जीवन में पहली बार यह चेतना जागी कि केंचुल से खेला जा सकता है, किन्तु जीवित विषधर इतने बड़े जमींदार के पुत्र के भी खेल की वस्तु नहीं है।

१५

उस दिन तीसरे पहर जो स्त्री बिराज के सिरहाने बैठी थी उससे पूछ कर बिराज ने जाना कि वह हुगली के अस्पताल में है। बहुत दिनों तक वात और कफ के विकार में बेहोश पड़ी रहने के बाद जब से उसे होश हुआ है, तभी से वह धीरे-धीरे अपनी बात याद करने की चेष्टा करती रही है। एक-एक करके अनेक बातें उसे याद आई हैं।

एक दिन वर्षा की रात में पति ने उसमें सतीत्व के ऊपर कटाक्षे किया था। उसके पीड़ा से जर्जर और उपवास से अवसन्न टूटे शरीर तथा विकल मन से वह दारुण अपवाद सहा नहीं गया। दुःख पर दुःख-भोगते रहने के कारण बहुत दिनों से वह पागल-सी हो रही थी। उस दिन अभिमान और घृणा से 'अब उनका मुंह न देखूंगी' कहकर और समस्त बन्धन तोड़-फोड़कर वह नदी में मरने गई थी, किन्तु मरी नहीं।

उसके बाद ज्वर एवं विकार की झोंक में वह बजरे पर चढ़ी थी और आधे रास्ते नदी में कूदकर तैरकर किनारे पहुंच गई थी; भीगे सिर और भीगी साड़ी से सारी रात बैठी ज्वर में कांपती रही थी; अन्त में न जाने कैसे एक गृहस्थ दरवाजे पर जाकर पड़ गई थी; इतना ही याद आता है। कौन यहां लाया, कब लाया, कब से वह यहां इस तरह पड़ी रही है, यह सब याद नहीं आता। इतना और याद आता है कि वह गृहत्यागिनी कुलटा है। पर-पुरुष का आश्रय लेकर गांव के बाहर हुई थी।

इसके बाद वह कुछ सोच नहीं सकती थी–सोचना भी नहीं चाहती थी। इसके बाद धीरे-धीरे उठने लगी, उठ बैठने के बाद थोड़ा-थोड़ा बाहर घूमने-फिरने लगी। किन्तु भविष्य के विषय में कुछ सोचने से उसने अपने को पूरी चेष्टा करके बिलकुल अलग रखा। यह क्या बात हो गई है, इसे उसका प्रत्येक अणु-परमाणु रात-दिन भीतर ही भीतर अनुभव अवश्य करता था, किन्तु जो पर्दा पड़ गया है, उसका एक कोना उठाकर देखते ही उसका सारा शरीर हिमवत् हो जाता था, सिर-झनझना उठता था और बेहोशी-सी आने लगती थी।

अगहन महीने में एक दिन सुबह उसी स्त्री ने आकर उससे कहा, "अब तुम अच्छी हो गई और और अब तुम्हें दूसरी जगह जाना होगा।" बिराज 'अच्छा' कहकर चुप हो रही। वह स्त्री अस्पताल की ही कोई कर्मचारिणी थी। उसने समझा था कि संभवत: इस पीड़ित का कोई नाते-रिश्तेदार नहीं है। इसलिए उसने पूछा, "गुस्सा न करना बेटी, मैं पूछती हूं कि जो लोग तुम्हें यहां रख गए थे, वे तो फिर किसी दिन देखने आए नहीं। क्या वे लोग तुम्हारे घर के लोग नहीं थे ?"

बिराज ने कहा, "नहीं, तुम्हें तो मैंने कभी आंखों से देखा भी नहीं

था। एक दिन वर्षा की रात में मैं त्रिवेणी के पास जल में डूब गई थी। जान पड़ता है, वे लोग दया करके मुझे यहां रख गए थे।"

"ओः! जल में डूबी थीं? पर तुम्हारा घर कहां है?"

बिराज मामा के घर का नाम बताकर बोली, "मैं वहीं जाऊंगी, वहां मेरे अपने आदमी हैं।"

वह स्त्री उमरवाली थी और बिराज के मधुर स्वभाव के कारण उसे उसपर कुछ ममता भी हो गई थी, इसलिए दयार्द्र कण्ठ से बोली, "वहीं जाओ बेटी! जरा सावधानी से रहना, दो-चार दिन में अच्छी हो जाओगी।"

बिराज जरा हंसकर बोलीं, "और अच्छी क्या होऊंगी मां। यह आंख भी ठीक न होगी, यह हाथ भी न उठेगा।"

रोग के बाद उसकी बायीं आंख अन्धी हो गई थी और बायां हाथ भी बेकार हो गया था। उसकी आंखें छलछला उठीं, बोली, "कुछ नहीं कह सकते बेटी! अच्छे भी हो सकते हैं।"

दूसरे दिन वह अपना एक पुराना शीतवस्त्र और कुछ राह-खर्च दे गई। बिराज उसे लेकर और नमस्कार करके बाहर जा रही थी कि एकाएक लौटकर बोली, "मैं एक बार अपना मुंह देखूंगी, यदि एक दर्पण..."

"हां, हां अभी देती हूं।" कहकर वह स्त्री गई और जल्दी ही लौट आकर एक दर्पण बिराज के हाथ में थमाकर कहीं चली गई। बिराज एक बार पुनः अपने लोहे के पलंग पर जाकर दर्पण खोलकर बैठी। अपने मुंह के प्रतिबिम्ब की ओर देखते ही असीम घृणा से उसका मुंह स्वयं ही विकृत हो गया। दर्पण को फेंककर और बिछौने में मुंह छिपाकर गम्भीर आर्तस्वर में वह रो पड़ी। सिर मुंडा हुआ है, उसके आकाश में भरे बादलों जैसे काले बाल कहां गए? उसका सारा मुंह इस तरह किसने क्षत-विक्षत कर दिया? उसके पद्मपलाश नयन कहां चले गए? वैसा कच्चे सोने-सा अतुलनीय रंग किसने छीन लिया? भगवान! तुमने यह कैसा भारी दंड मुझे दिया है? यदि कभी भेंट हुई तो यह मुंह कैसे दिखाऊंगी? जितने दिन इस शरीर में प्राण रहते हैं, उतने दिन आशा एकदम निर्मूल नहीं

होती, मरती नहीं। इसएि शायद उसके निभृत अन्तस्तल में एक आशा अन्त:सलिला की तरह, उस समय भी बह रही थी ! दयामय ! उसे सुखा-कर तुम्हारा क्या लाभ हुआ ?"

होश आने के बाद रोगशय्या पर लेटे-लेटे जब स्वामी का मुख उज्ज्वल होकर दिखाई पड़ता था, तब कभी-कभी उसे एकाएक खयाल होता था कि उसने जो कुछ किया है वह तो अनजान होकर ही किया है, तब क्या उसका वह अपराध क्षमा न कर दिया जाएगा ? सभी पापों का प्रायश्चित्त है, क्या सिर्फ इसका नहीं है ? अन्तर्यामी तो जानते हैं कि यथार्थ पाप तो उसने किया नहीं, किन्तु जो कुछ थोड़ा-बहुत हो गया है, उसे क्या इतने दिनों की पति-सेवा दूर न कर सकेगी ? बीच-बीच में बोलती, 'उनके मन में तो क्रोध टिकता नहीं, यदि मैं हठात् उनके पांवों पर पड़कर सब बातें साफ-साफ कह दूंगी तो वे मेरे मुंह की ओर देखकर क्या करेंगे ?' वे क्या करेंगे, इस कल्पना को अनेक रंगों और कितने ही प्रकार के भावों में विकसित करके देखने के लिए उसने पूरी की पूरी रात जागकर काटी है, बीच-बीच में नींद आ जाने पर उठकर आंखों और मुंह में पानी के छींटे देकर फिर उसी बात को नये सिरे से सोचने लगती। हाय भगवान ! उसके उसे विचित्र चित्र को क्यों तुमने पापों से कुचलकर नष्ट कर दिया ? वह अब अपने स्वामी के चरणों में गिरकर किस लज्जा से यह मुंह उठाकर उनकी ओर देखेगी ?

कमरे में एक और रोगिणी थी। बिराज को रोते देख उसने वहां आकर विस्मय के स्वर में पूछा, "क्या हुआ जी ? क्यों रोती हो ?"

हाय रे ! और एक प्राणी बिराज के रोने का हेतु जानना चाहता है !

बिराज ने झटपट आंखें पोंछ लीं और किसी ओर देखे बिना धीरे-धीरे बाहर चली गई। उस दिन भीड़ और कोलाहल से भरे राजपथ पर जब उसने अपने अनभ्यस्त थके चरणों को सारे जीवन की अनुद्दिष्ट यात्रा के लिए पहली बार बढ़ाया, तब कलेजा चीरकर एक लम्बी सांस बाहर निकल आई। वह मन-ही-मन बोली, 'भगवान ! कदाचित् तुमने अच्छा ही किया। कोई इधर न देखेगा–शायद यह मुंह, ये नयन ही इस यात्रा के उपयुक्त हैं। गांव के लोगों को मालूम हो गया है कि वह गृहत्यागिनी

कुलटा है। इसीलिए उस मुंह को उठाकर अपने गांव का मुंह, अपने स्वामी का मुंह देखना उसके लिए निषिद्ध हो गया है। शायद उस मुंह का ऐसा हो जाना ही तुम्हारा मंगल-विधान है।'

बिराज राह पर चलने लगी।

१६

कितने ही दिन बीत गए। पहले वह नौकरानी का काम करने गई थी, किन्तु उसकी टूटी देह असमर्थ हो गई, इसलिए गृहस्थ ने उसे बिदा कर दिया। तब से भिक्षा मांगकर ही पेट भरती है। रास्ते-रास्ते भीख मांगती है, पेड़ के नीचे खाना बनाकर खा लेती है और उसकी छाया में सो जाती है। इस वर्तमान जीवन में उसके अतीत का जरा भी चिह्न शेष नहीं है। उसकी देह पर सैकड़ों जगह फटा वस्त्र, जटा बने हुए थोड़े-से रूखे बाल और किसीसे भीख में मिली एक छोटी, मैली कथरी है। इस समय उसकी वैसी ही देह, वैसा ही रंग, वैसा ही सब कुछ है। अभी उसकी कुल पचीस वर्ष की अवस्था है। एक दिन उसकी जैसी देह स्वर्ग में भी उपलब्ध नहीं थी। अतीत से काटकर भगवान ने उसे बिलकुल ही नये रूप में गढ़ दिया है। वह स्वयं भी सब भूल गई है। परन्तु दो बातें भूल नहीं पाती। एक तो 'दो' कहने में अब भी उसका मुंह लाल हो उठता है और यह शब्द उसके गले से साफ नहीं निकल पाता। दूसरी बात यह भूल नहीं पाती कि उसे बहुत दूर जाकर मरना होगा। मरने का वह स्थान कहां है, किस देश में है, इसे वह नहीं जानती किन्तु इतना जानती है कि उसी सुदूर स्थान के लिए वह निरन्तर बिना विश्राम लिए रास्ते पर चली जा रही है। वह किसी भी तरह अपनी यह दशा पति को नहीं दिखा सकेगी; क्योंकि उसका अपराध चाहे जितना बड़ा हो, उसकी यह अवस्था आंख से देखकर उनकी छाती फट जाएगी; एक क्षण के लिए भी इसे भूल न सकने के कारण ही वह निरन्तर दूर हटती जा रही थी।

एक साल से रास्ते पर चल रही है, किन्तु उसकी वह अपरिचित मंजिल, वह गम्वस्थान कहां है? कहां, किस भूमिशय्या पर इस लज्जा-जनक तप्त सिर को झुकाकर इस लांछित जीवन का चुपचाप अन्त कर

पाएगी ? आज दो दिनों से वह एक पेड़ के नीचे पड़ी है, उठ नहीं पाई। फिर धीरे-धीरे रोग ने घेर लिया है, खांसी है, बुखार है और छाती में दर्द है। कष्ट बहुत बढ़ जाने पर दुर्बल देह से अस्पताल गई थी, फिर अच्छी होते न होते यह राह चलने का श्रम और थकावट, अनशन एवं अधपेट भोजन का सिलसिला चल पड़ा। उसकी देह बड़ी सबल थी इसीलिए अभी तक टिकी है, किन्तु लगता है, अब नहीं टिकेगी। आज आंखें बन्द किए सोच रही है कि इस वृक्ष के नीचें ही वह गम्यस्थान है, वह मंजिल है ? क्या इसीके लिए उसने इतने देश, इतने पथ बिना रुके तय किये हैं ! क्या वह फिर न उठ पाएगी ?

दिन ढल गया। पेड़ों की सबसे ऊंची चोटियों पर से डूबते सूर्य की अन्तिम लाल आभा न जाने कहां चली गई और संध्या की शंखध्वनि गांव के अन्दर से आकर उसके कानों में पहुंची। इसके साथ ही, उसकी बन्द आंखों के सामने अपरिचित गृहस्थ बंधुओं की शान्त मंगल-मूर्तियां नाच उठीं। कौन क्या कर रही है, किस तरह दीप जला रही है, हाथ में दीप लेकर कहां-कहां दिखाती फिर रही है, फिर गले में आंचल डालकर नमस्कार कर रही है, तुलसी के चौरे पर दीप जलाकर क्या कामना प्रभु के चरणों में सुना रही है, ये सब दृश्य वह अपने नयनों से देखने लगी, कानों से सुनने लगी। आज बहुत दिनों के बाद उसकी आंखें छलछला गई। जैसे कितने ही हजार वर्ष बीत गए हैं। वह किसी घर में संध्या-दीप नहीं जला सकी है, किसी के मुंह को मन में रखकर प्रभु के चरणों में उसकी आयु और ऐश्वर्य की भीख नहीं मांग सकी है। इन सब चिन्ताओं को वह अपनी पूरी शक्ति लगाकर अपने से दूर ही रखती थी, किन्तु इस समय न रख सकी। शंख के आह्वान पर उसका भूखा-प्यासा हृदय कोई निषेध न मानकर उन गृहस्थ वधुओं के बीच जा खड़ा हुआ। उसके मनश्चक्षुओं के सामने हरएक घर-द्वार, हरएक आंगन-दालान, हर-एक तुलसी का चौरा, हरएक दीपक नाच उठा–ये सभी तो उसके परिचित हैं, इन सभी में तो उसीके हाथ की छाप दिखलाई पड़ती है ! अब उसे कोई दुःख नहीं रह गया, भूख-प्यास नहीं रह गई, दर्द की यातना नहीं रह गई; वह तन्मय होकर मन ही मन निरन्तर उन वधुओं का अनु-

सरण करके फिरने लगी। जब वे रसोई बनाने गईं, तो वह साथ गई, रसोई बनाकर जब वे अपने-अपने स्वामी को खिलाने लगीं तो उसने आंखें खोलकर देखा। उसके बाद सब काम-काज पूरा करके बड़ी रात को जब वे अपने निद्रित पतियों की शय्याओं के पास आकर खड़ी हुईं तो वह भी पास खड़ी होने जाकर सहसा कांप उठी–यह तो उसीके स्वामी हैं। फिर उसकी आंखों की पलकें नहीं गिरीं और एकटक निद्रित स्वामी के मुंह की ओर देखते हुए उसने रात बिता दी। गृहत्याग के बाद ऐसी एक भी रात तो उसके पास नहीं आई। आज उसके भाग्य में यह कैसा असह्य सुख है। निद्रा में जागरण का, तन्द्रा में स्वप्न का यह कैसा मधुर निशा-यापन है! बिराज चंचल हो उठ बैठी। उस समय भी पूर्व गगन स्वच्छ नहीं हुआ था; उस समय भी दूर पर ज्योत्स्ना शाखाओं और पत्तियों की सांधों से आकर वृक्षों के नीचे तथा उसके चारों ओर शेफाली के फूलों की तरह झर रही थी। वह सोचने लगी–यदि वह असती है तो वे आज इस तरह उसे क्यों दिखाई पड़े ? क्या इससे यह बताया है कि उसके पाप का प्रायश्चित्त पूरा हो गया है ? तब तो एक क्षण के लिए भी वह कहीं रुक न सकेगी। वह सिर उठाकर प्रभात की प्रतीक्षा करने लगी। आज की रात ने उसकी रुद्ध दृष्टि को बलपूर्वक उद्घाटित करके समस्त हृदय में आनन्द और माधुर्य भर दिया था। आज भेंट हो या न हो, अब तो कोई उसे एक क्षण के लिए भी स्वामी से दूर न रख सकेगा ! इस तरह उन्हें पाने का रास्ता था, किन्तु वह व्यर्थ ही स्वामी से छूटकर इतने दिनों दुःख उठाती रही। यह गलती गम्भीर वेदना के साथ बार-बार उसे बींधने लगी। आज न जाने कैसे उसे विश्वास हो गया कि वे पुकार रहे हैं।

बिराज दृढ़ स्वर में बोली, "ठीक तो है। यह देह क्या मेरी अपनी है कि उनकी आज्ञा बिना मैं उसे इस तरह नष्ट कर रही हूं ? न्याय करने का अधिकार मेरा नहीं, उनका है। जो करना होगा, वे ही करेंगे; मैं सारी बात उनके चरणों में निवेदन कर छुट्टी पा जाऊंगी।" बिराज लौट पड़ी। आज उसका शरीर हल्का था पग मानो कठिन मिट्टी पर पड़ रहे थे; मन चारों ओर से भरा था, कहीं जरा भी ग्लानि नहीं थी। चलते-

चलते वह बार-बार दोहराने लगी–उसकी यह कैसी विषम भूल है ! यह कैसा अहंकार उसपर छा गया था ! यह कुरूप-कुत्सित मुख संसार के सामने बाहर करने में तो उसे शर्म न आई, शर्म आई केवल उसके पास, जिसके निकट प्रकाश करने का एकमात्र अधिकार नौ बरस की उम्र में ही विधाता ने निर्दिष्ट कर दिया था !

१७

पूंटी दादा को मुहूर्त-भर भी विश्राम नहीं लेने देती। पूजा के समय से लेकर पौष के अन्त तक एक के बाद एक नगर और तीर्थ के बाद दूसरे तीर्थ तक खींचे लिए फिर रही है। उसकी उम्र कम है, शरीर स्वस्थ और बलवान है, कौतूहल की सीमा नहीं है। उसके साथ बराबर पांव से चलना नीलाम्बर की शक्ति के बाहर था इसलिए वह थक गया है। पर समझ में नहीं आता कि कहीं ठहरकर कुछ आराम कर लेने की इच्छा क्यों नहीं होती ? क्यों उसकी सारी देह रात-दिन घर की ओर देखती हुई उसे भागने-भागने को कहती है ? भाराक्रान्त मन क्यों देश लौट चलने के लिए रात-दिन रो-रोकर प्रार्थना करता है, यह भी उसकी समझ में नहीं आता। देश में अब क्या है ? क्यों ऐसे स्वास्थ्यकर स्थान में मन नहीं लगता ? छोटी बहू बीच-बीच में पूंटी को चिट्ठी भेजती रहती है, उनमें भी तो ऐसी कोई बात नहीं रहती, तो भी उसी जंगली देश, अपने गांव के आकर्षण से उसकी दुबली काया ठठरी-भर रह गई। पूंटी चाहती है, दादा सब कुछ भूलकर पहले की तरह हो जाएं–वैसे ही स्वस्थ, वैसे ही सदा आनन्द में रहने वाले, वैसे ही मुंह ही मुंह में गानेवाले, वैसे ही कारण-अकारण उच्च हंसी के अक्षय भण्डार बन जाएं। किन्तु दादा उसकी सारी चेष्टा को असफल करने पर लगे हैं। पहले उसने इस तरह नहीं सोचा था। वह हताश नहीं होती थी, मन में कहती थी– और कुछ दिन बीतने दो। किन्तु दो-दो दिन करते-करते चार-पांच महीने बीत गए, कहीं कुछ भी तो नहीं हुआ। घर छोड़कर चलने के दिन, मोहिनी की बात और व्यवहार से बिराज के ऊपर उसके मन में करुणा का भाव उत्पन्न हुआ था, उसकी बातों पर विश्वास भी हुआ था। दादा के अच्छे

हो जाने पर, बचपन की बातें याद कर वह शायद मन ही मन बिराज को पूर्णतः क्षमा कर देती। वास्तव में क्षमा करने के लिए ही उस भाभी को मधुरतापूर्वक स्मरण करने को वह स्वयं व्याकुल हो उठी थी, किन्तु वह सुयोग उसे कहां मिल पाया ? दादा कहां अच्छे हुए ? एक तो संसार में किसी भी ऐसे दुःख, किसी भी ऐसे कारण की कल्पना वह न कर पाती थी जिससे बिराज इस मनुष्य को ऐसे दुःख में छोड़कर कहीं भाग जा सकती हो। भाभी अच्छी हों या बुरी हों, अब पूंटी उधर भ्रूक्षेप भी नहीं करती। किन्तु जो स्त्री दादा को त्यागकर जाने के अमार्जनीय अपराध की अपराधिनी है, उसके प्रति पूंटी के विद्वेष की भी जैसे कोई सीमा न रही, वैसे ही उस अभागिनी को सदा स्मरण कर और उसके वियोग को इस तरह मन में पालकर जो आदमी अपना क्षय कर रहा है उसके प्रति भी उसका चित्त प्रसन्न नहीं हआ।

एक दिन सुबह वह मुंह लटकाए आकर बोली, "दादा ! चलो, घर चलें।" नीलाम्बर ने कुछ विस्मित होकर बहिन के मुंह की ओर देखा, क्योंकि माघ का महीना प्रयाग में बिताने की बात थी। पूंटी दादा के मन का भाव समझकर बोली, "अब एक दिन भी रहना नहीं चाहती। कल ही जाऊंगी।"

उसकी नाराजगी का भाव देखकर नीलाम्बर विषाद-भरी हंसी हंसकर बोला, "क्यों री पूंटी ?"

पूंटी इतनी देर से बलपूर्वक आंखों के आंसू रोके हुए थी, अब रो पड़ी। आंसू से कांपते स्वर में बोली, "रहकर क्या होगा ? तुम्हें अच्छा लगता नहीं, तुम 'जाऊं-जाऊं' करके प्रतिदिन सूखते जा रहे हो; नहीं, मैं किसी तरह एक दिन भी नहीं रहूंगी।"

नीलाम्बर ने स्नेहपूर्वक उसका हाथ पकड़कर और खींचकर पास बिठाते हुए कहा, "लौट जाने से ही क्या मैं अच्छा हो जाऊंगा री ? इस देह के संभलने का अब मुझे भरोसा नहीं होता पूंटी। इसलिए चल बहिन, जो होना हो घर जाकर ही हो।"

दादा की बात सुनकर पूंटी और जोर से रोती हुई बोली, "तुम क्यों उसे सदा इस तरह याद किया करते हो ? चिन्ता कर-करके ही तो ऐसे

हुए जा रहे हो।"

"किसने कहा कि मैं उसे सदा याद करता हूं ?"

पूंटी ने उसी भाव से जवाब दिया, "और कौन कहेगा ! मैं खुद ही जानती हूं।"

"तु उसे याद नहीं करती ?"

पूंटी ने आंखें पोंछकर उद्धत भाव से कहा, "नहीं याद करती। उसकी याद करने से पाप होता है।"

नीलाम्बर चौंक पड़ा, "क्या पाप होता है ?"

"पाप होता हैं उसका नाम मुंह पर लाने से मुंह अपवित्र होता है, मन में लेने से स्नान करना पड़ता है।" इतना कहकर विस्मयपूर्वक उसने देखा कि दादा की स्नेह से कोमल दृष्टि पल-भर में बदल गई है। नीलाम्बर बहिन के मुख की ओर देखता हुआ कठोर स्वर में बोला, "पूंटी !"

आवाज सुनकर वह भीत एवं अत्यन्त कुण्ठित हो उठी। वह दादा के बड़े लाड़ की बहिन है; बचपन से हजारों अपराध करने पर भी कभी ऐसी आंखें नहीं देखी हैं, ऐसा स्वर नहीं सुना है। इतनी बड़ी उम्र में डांट खाकर उसने क्षोभ और अभिमान से सिर झुका लिया।

नीलाम्बर के और कुछ न कहकर वहां से उठ जाने पर वह आंखों पर आंचल देकर फफककर रोने लगी। दोपहर को खाने के समय दादा के पास नहीं गई, तीसरे पहर भी जलपान दासी के हाथ भेजकर आड़ में खड़ी हो रही। नीलाम्बर ने बुलाया नहीं, बात भी नहीं की।

सन्ध्या हो चुकी थी। नीलाम्बर सन्ध्या-पूजा करके उसी आसन पर चुपचाप बैठा हुआ था, पूंटी ने चुपचाप पीछे से आकर घुटने के बल बैठकर दादा की पीठ पर मुंह रख दिया। उसका फरियाद का यही ढंग है। छुटपन में अपराध करने पर, भाभी की डांट खाकर, इसी तरह आकर वह शिकायत किया करती थी। यह सब याद करके नीलाम्बर की दोनों आंखें भर आईं; उसके माथे पर हाथ रखकर कोमल स्वर में बोला, "क्या है री ?"

पूंटी पीठ छोड़कर गोद में औंधी गिरकर मुंह छिपाकर रोने लगी।

नीलाम्बर उसके सिर पर एक हाथ रखकर चुपचाप बैठा रहा। बहुत देर बाद पूंटी रुलाई के स्वर में बोली, "अब न कहूंगी दादा !"

नीलाम्बर हाथ से उसके बालों को सहलाता हुआ बोला, "नहीं, अब न कहना।"

पूंटी चुपचाप पड़ी रही। नीलाम्बर ने उसके मन की बात समझकर मृदु स्वर में कहा, "वह तुम्हारी बड़ी है। केवल सम्बन्ध से ही नहीं पूंटी, मां की भांति तेरा पालन-पोषण करके सचमुच तेरी मां के समान बन गई है। दूसरे जो चाहे कहें, किन्तु तेरे मुंह से ऐसी बात का निकलना गम्भीर अपराध है।"

पूंटी आंखें पोंछते-पोंछते बोली, "क्यों वह हम लोगों को इस तरह छोड़कर चली गई ?"

"वह क्यों चली गई पूंटी, इसे केवल मैं जानता हूं, या जो सर्वान्त-र्यामी हैं, वे जानते हैं। वह खुद भी नहीं जानती थी, उस समय वह पागल हो गई थी। यदि उसमें जरा भी ज्ञान होता तो वह आत्महत्या ही करती, यह काम नहीं करती।"

पूंटी ने फिर एक बार आंखें पोंछकर भरे गले से कहा, "किन्तु तब वह लौट क्यों नहीं आतीं दादा ?"

"क्यों नहीं आती ? आने का उपाय नहीं है बहिन, इसीलिए नहीं आती।" इतना कहकर बलपूर्वक अपने को संयत करके कुछ समय बाद बोला, "जिस अवस्था में वह मुझे छोड़कर गई है, उसमें लौटने का कोई भी रास्ता होने पर वह अवश्य लौट आती, एक दिन भी कहीं न रुकती। यह बात क्या तू स्वयं नहीं समझती पूंटी ?"

पूंटी ने मुंह छिपाए सिर हिलाकर कहा, "समझती हूं दादा !"

नीलाम्बर उद्दीप्त होकर बोला, "यही कह बहिन ! वह आना चाहती है; आ नहीं पाती। यह कैसा दण्ड है पूंटी, जिसे तुम लोग देख नहीं पाते, किन्तु मैं तो आंखें बन्द करते ही देखता हूं। वह देखना ही मुझे रोज क्षय कर रहा है, और कोई बात नहीं है।"

पूंटी रो पड़ी। नीलाम्बर हाथ से अपनी आंखें पोंछकर बोला, "वह कभी-कभी अपनी दो साधों की बात मुझसे कहा करती थी। उसकी एक

साध तो यह थी कि अन्त समय मेरी गोद में अपना सिर रख सके; दूसरी साध थी कि सीता-सावित्री के समान होकर मृत्यु के पश्चात वह उसके पास जाए। हतभागिनी की सब साधें मिट गईं।"

पूंटी चुप होकर सुनने लगी। नीलाम्बर रूंधे गले को साफ करके बोला, "तुम सब उसे अपराध लगाते हो। निराकरण नहीं कर सकता, इससे मैं भी चुप रह जाता हूं। किन्तु बता, भगवान को कैसे चकमा दूं? वे तो देखते हैं कि किसकी भूल है, किसके अपराध का बोझ सिर पर लेकर वह डूब गई। तू ही बता, मैं किस मुंह से उसे दोष दूं, मैं उसे आशीर्वाद न दूं तो क्या करूं? नहीं बहिन! संसार की आंखों में वह चाहे कितनी ही कलंकिनी हो, उसके विरुद्ध मुझे कोई शिकायत, कोई फरियाद नहीं है। अपने दोष से इस जन्म में उसे पाकर भी खो दिया है। भगवान करें, अगले जन्म में उसे पाऊं।"

वह और न बोल सका, उसका गला बिलकुल रुंध गया। पूंटी झटपट उठकर आंचल डालकर दादा की आंखें पोंछने लगी तो स्वयं ही रो पड़ी। एकाएक उसके मन में आया कि दादा मानो हटते जा रहे हैं। रोककर बोली, "जहां मन हो चलो दादा, किन्तु मैं तुम्हें एक दिन भी कहीं अकेले न छोड़ूंगी।" नीलाम्बर सिर उठाकर कुछ हंसा।

▭▭

बिराज जगन्नाथ के रास्ते लौट आ रही थी। इस पथ से जब वह अनुदृष्टि मृत्युशय्या की खोज में गई थी, तब के जाने और इस आने में कैसा अन्त था! इस समय वह घर को जा रही है। उसकी दुर्बल देह रास्ते में जितनी ही कातर होकर विश्राम की भिक्षा मांगने लगी, वह उतनी ही क्रुद्ध और विरक्त हो उठने लगी। किसी भी कारण से कहीं भी देर करने के लिए वह राजी नहीं है। उसकी खांसी अब यक्ष्मा में बदल गई है, उसे भी इसकी टोह मिल गई है। इसीलिए उसकी आशंका की सीमा नहीं थी कि कहीं पिछड़ न जाऊं। छुटपन से ही उसका एक विश्वास बड़ा दृढ़ा था कि शरीर के निष्पाप हुए बिना कोई स्त्री अपने पति के चरणों में मर नहीं पाती। इस तरह मरने के पूर्व एक बार अपने शरीर की जांच कर लेना चाहती है कि उसका प्रायश्चित पूरा हो गय

या नहीं। इस परीक्षा में उत्तीर्ण हो जाने पर वह बड़े आनन्द के साथ जीवन के उस पार बैठकर उनके लिए प्रतीक्षा करती रहेगी। किन्तु दामोदर के इस किनारे आकर उसके हाथ-पांव फूल उठे, मुंह से अधिक मात्रा में खून गिरने लगा और पैरों ने चलने से बिलकुल जवाब दे दिया। वह हताश हो एक पेड़ तले लोटकर रोने लगी। यह कैसा भयानक अपराध है कि इतना सब करके भी उसको अन्तिम आशा पूरी नहीं हुई। उसका यह जन्म गया, दूसरे जन्म में भी आशा नहीं रही, तब वह और क्या करे? आशा न होते हुए भी पेड़ के नीचे पड़ी सारे दिन हाथ जोडकर स्वामी के चरणों में विनती करने लगी।

दूसरे दिन तारकेश्वर के पास कहीं हाट लगने का दिन था। सुबह से ही उस रास्ते से बैलगाड़ियां चलने लगीं। उसने साहस करके एक बूढ़े गाड़ीवान से प्रार्थना की। बूढ़े ने उसकी रुलाई देखकर गाड़ी पर बिठाकर तारकेश्वर पहुंचा दिया। बिराज ने निश्चय किया कि इस मन्दिर के आसपास कहीं पड़ी रहेगी। यहां कितने ही लोग आते-जाते हैं, सम्भव है किसी उपाय से एक बार छोटी बहू के पास खबर भेज सके।

कठिन व्योधिपीड़ित कितने ही नर-नारी कितनी ही कामनाएं लिए इस देव-मन्दिर को घेरकर यहा-वहां पड़े हैं। उनके बीच आकर बिराज ने बहुत दिनों बाद कुछ शान्ति का अनुभव किया। उनके ही समान उसे भी व्याधि है, कामना है, उन्हें लिए वह इस स्थान पर चुपचाप पड़ी रहेगी, किसीकी दृष्टि अपनी ओर नहीं खींचेगी, किसीके निरर्थक कौतूहल का कारण न बनेगी, यह सब सोचकर इतने दुःख के बीच भी उसे कुछ आराम-मिला। किन्तु रोग तेजी से बढ़ने लगा। माघ महीने की इस दुर्जय ठण्ड में बिना खाए-पिए छः दिन बीत गए थे, किन्तु अब और दिन बीतने की आशा नहीं रह गई, कोई आएगा यह भी भरोसा नहीं रहा। भरोसा रह गया केवल मृत्यु का; उसीके लिए वह एक बार फिर अपने को तैयार करने लगी।

उस दिन आकाश मेघाच्छन्न हो गया था; तीसरे पहर के पहले ही अंधेरा-सा होने लगा। उस समय उसके मुंह से बहुत ज्यादा खून निकल जाने के कारण उसकी मृतकल्प देह जैसे एकदम निःशेष होकर टूट गई

थी। वह मन ही मन बोली–जान पड़ता है आज ही सब समाप्त हो जाएगा। तभी से मन्दिर के पीछे मुंह डालकर पड़ रही थी। भगवान की दोपहर की पूजा हो गई, किन्तु अन्य दिनों की तरह उठकर वह नमस्कार न कर सकी– मन ही मन कर लिया। इतने दिनों से वह स्वामी के चरणों में केवल प्रार्थना ही करती आ रही है। वह अबोध नहीं है; जो काम उसने किया है, उससें इस जन्म के लिए कोई दावा नहीं रह गया है, पर इतना चाहती रही है कि अगले जन्म का अधिकार न चला जाए। उसने बस इतनी ही भिक्षा मांगी है कि बिना जाने-बूझे अपराध कर डालने का दण्ड उसे इस जन्म को पार कर उस जन्म तक भोगना पड़े। किन्तु दिन डूबने के साथ-साथ उसकी चिन्ता-धारा एकाएक एक आश्चर्यजनक रास्ते पर घूम पड़ी। भिक्षा का भाव नहीं रहा, विद्रोह का भाव दिखाई पड़ा। उसके सारे चित्त में भरकर एक अपूर्व अभिमान का सुर अनिर्वचनीय साधुर्य से बज उठा। वह उसीमें मग्न होकर केवल मन ही मन बोलने लगी, "तब तुमने क्यों कहा था ?"

उसे पता नहीं चला कि कब उसका पंगु बायां हाथ चलकर रास्ते के ऊपर पड़ गया। सहसा उसी हाथ में तीव्र दर्द का अनुभव कर अस्फुट स्वर में एक कातर आह उठी। यह आने जाने की राह थी। एक व्यक्ति ने उसके दुबले-पतले अवश हाथ को न देखकर पांव से दबा दिया। वह अत्यन्त लज्जित और व्यथित हो लौटकर खड़ा हो गया एवं बोला, "ओः, कौन अपना शरीर फैलाए रास्ते में पड़ा है ? बड़ा अन्याय हुआ; ज्यादा चोट तो नहीं लगी ?"

पलक मारते बिराज ने मुख का कपड़ा हटाकर देखा और उसके बाद एक अस्फुट आवाज करके चुप रही। यह व्यक्ति नीलाम्बर था। वह एक बार जरा झुककर देखने के बाद हट गया।

कुछ क्षणों में सूर्य डूब गया। पश्चिम दिगन्त में बादल नहीं थे। दिड मंडल से निकलती स्वर्णाभा मन्दिर के कंगूरे और पेड़ों की फुनगियों पर फैल गई थीं। नीलाम्बर ने दूर खड़े होकर पूंटी से कहा, "उस बीमार औरत को मैंने बुरी तरह कुचल दिया है बहिन ! देख न, यदि उसे कुछ दे सकें– जान पड़ता है भिखारिन है।"

पूंटी ने आंख उठाकर देखा कि वह स्त्री उन्हीं लोगों की ओर एकटक देख रही है। इसलिए वह धीरे-धीरे पास आकर खड़ी हुई। उसके मुंह का कुछ अंश कपड़े से ढंका हुआ था, किन्तु मन में आया कि यह मुंह पहले कहीं देखा है। पूछा, "हां जी तुम्हारा घर कहां है ?"

"सप्तग्राम।" कहकर स्त्री हंसी।

बिराज की सबसे ज्यादा मधुर चीज थी उसके मुंह की हंसी; उस हंसी को सारे संसार में कोई भूल नहीं सकता था।

"अरे ! यह तो भाभी हैं !" कहकर पूंटी उसी जीर्ण-शीर्ण देह पर औंधी गिर पड़ी और मुंह पर मुंह रखकर रोने लगी।

नीलाम्बर दूर खड़ा देख रहा था; कथा-वार्ता न सुनने पर भी वह सब कुछ समझ गया। पास आकर खड़ा हुआ। एक बार सिर से पैर तक उसे देखा, फिर शान्त स्वर में बोला, "यहां न रो पूंटी ! उठ !" उसने बहिन को हटा लिया और स्त्री की शीर्ण देह को बच्चे की तरह छाती से चिपटाकर जल्दी से डेरे की ओर चला गया।

चिकित्सा के लिए उत्तम स्वास्थ्यकर स्थान में ले जाने के अनेक प्रयत्न किए गए, किन्तु बिराज किसी तरह राजी नहीं हुई। घर छोड़कर कहीं जाने को वह किसी तरह तैयार नहीं हुई।

नीलाम्बर ने पूंटी को आड़ में बुलाकर कहा, "और कितने दिन हैं बहिन ? जिस स्थान पर जिस तरह रहना चाहे, रहने दो। तुम सब उसे और तंग न करो।"

तारकेश्वर में स्वामी की गोद में सिर रखकर उसने पहले निवेदन किया था कि मुझे घर ले चलो और अपनी शय्या पर सुला दो। घर के ऊपर, घर की हरएक चीज के ऊपर और स्वामी के ऊपर उसकी कितनी भीषण तृष्णा है, इसे जो कोई आंखों से देखता वही समझकर रो पड़ता। रात-दिन के अधिकांश समय में वह ज्वर में बेहोश-सी पड़ी रहती, किंतु जरा भी होश में आते ही घर की हरएक चीज को तन्मय होकर देखा करती। नीलाम्बर शय्या छोड़कर प्राय: कहीं नहीं जाता और प्रायः सजल नयनों से प्रार्थना किया करता है, "भगवान ! बहुत दण्ड दिया, अब तो क्षमा करो। जो परलोक की यात्रा पर चल चुका है, उसके इस

लोक से मोह का बन्धंन काट दो।"

गृहत्यागिनी का गृह के ऊपर यह निदारुण आकर्षण देखकर वह मन ही मन कण्टकित हो उठता है। दो सप्ताह बीत गए। कल से उसमें विकार के लक्षण प्रकट होने लगे हैं। आज दिन-भर बेहोशी में बहकते रहने के बाद कुछ समय पहले उसकी आंख लग गई थी। संध्या के बाद उसने आंखें खोलीं। पूंटी रोते-रोते उसके पांवों के पास सो गई थी, छोटी बहू सिरहाने बैठी हुई थी। उसे देखकर बिराज ने कहा, "यह छोटी बहू है न ?"

छोटी बहू ने मुंह पर झुककर कहा, "हां जीजी ! मैं हूं मोहिनी।"

"पूंटी कहां है ?"

"तुम्हारे पांवों के पास सो रही है।"

"वे कहां हैं "

"उस घर में संध्या-पूजा कर रहे हैं।"

"तो फिर मैं भी करती हूं।" कहकर आंखें बन्द कर वह मन ही मन जप करने लगी। बहुत देर बाद दाहिना हाथ माथे से स्पर्श करके नमस्कार किया। उसके पश्चात् छोटी बहू के मुंह की ओर थोड़ी देर तक चुपचाप देखकर धीरे-धीरे बोली, "जान पड़ता है आज ही जा रही हूं बहिन ! किन्तु कामना यही है कि फिर तुमसे भेंट हो, फिर तुझे अपने निकट पाऊं।" कल से ही सब लोगों को पता लग गया था कि बिराज का समय बिलकुल समाप्त हो चला है। उसकी बात सुनकर छोटी बहू चुपचाप रोने लगी।

बिराज इस समय होश में है। उसने कण्ठस्वर को और गिराकर चुपके से कहा, "छोटी बहू, सुन्दरी को एक बार बुला सकती हो ?"

छोटी बहू ने रुंधे स्वर में कहा, अब उसे क्यों बुलाती हो जीजी। वह नहीं आएगी।"

"आएगी री, आएगी। एक बार बुलाओ—मैं उसे क्षमा करके आशीर्वाद देकर जाऊंगी। अब मेरा किसी पर क्रोध नहीं है, किसी के ऊपर किसी तरह का क्षोभ नहीं है। जब भगवान ने मुझे क्षमा करके मेरे स्वामी को मुझे लौटा दिया है, तब मैं भी सबको क्षमा करके ही जाना

चाहती हूं।"

छोटी बहू रोती-रोती बोली, "यह कैसी क्षमा है जीजी ? बिन अपराध के इतना दण्ड देने पर भी उनकी मनोवांछा पूरी नहीं हुई– वे तुम्हें भी उठा ले जाना चाहते हैं। एक हाथ ले लिया, तो भी यदि तुम्हें हम लोगों के पास छोड़ देते..."

बिराज हंस पड़ी। बोली, "मुझे लेकर क्या करतीं ? मुहल्ले में बदनामी फैल गई है। मेरे जीते रहने से कोई लाभ नहीं है बहिन !"

छोटी बहू जोर देकर बोल उठी, "है जीजी ! इसके सिवा वह बदनामी तो मिथ्या है। उससे हम लोग नहीं डरते।"

"तुम लोग नहीं डरते, पर मैं डरती हूं। बदनामी मिथ्या नहीं है, बिलकुल सत्य है। मेरा अपराध चाहे जितना ही थोड़ा हो छोटी बहू, परन्तु उसके बाद हिन्दूगृह की स्त्री का जीवित रहना उचित नहीं। तुम लोग इसे भगवान की दया नहीं मानते किन्तु..."

उसकी बात समाप्त होने के पहले ही पूंटी उच्छवसित रुलाई के स्वर में चिल्ला उठी, "उ, कैसी बड़ी दया है भगवान की !"

अभी तक वह चुपचाप रो रही थी और सुन रही थी। अब सहन न कर सकने के कारण इस तरह चिल्ला पड़ी। रोकर बोली, "उसे जरा भी दया नहीं है; जरा भी विचार नहीं है। जो असल पापी है, उसे तो कुछ हुआ नहीं–और हमीं लोगों को इस तरह दण्ड दे रहे हैं।"

उसकी रुलाई को देखकर बिराज चुपचाप हंसने लगी। कैसी मीठी कैसी छाती चीरनेवाली थी वह हंसी ! उसके बाद बनावटी क्रोध के स्वर में बोली, "कलमुंही ! चुप हो, चिल्ला नहीं !"

पूंटी दौड़ आकर उसके गले से लिपटकर उच्च स्वर से रो उठी, "तुम मरो नहीं भाभी ! हम सह नहीं सकेंगे। तुम दवा खाओ और कहीं चलो; पांव पड़ती हूं भाभी ! और कुछ दिन जीती रहो।"

उसके रोने की आवाज से पूजा-संध्या छोड़कर नीलाम्बर तेजी से पास आ गया और सुनने लगा। पूंटी के मुंह में जो कुछ आया उसी को कह-कर वह निरन्तर भाभी से जीवित रहने की प्रार्थना करने लगी। इस बार बिराज की दोनों आंखों से बड़ी-बड़ी आंसू की बूंदें बहने लगीं। छोटी बहू

ने यत्नपूर्वक उन्हें पोंछकर पूंटी को खींच लिया। पूंटी छोटी बहू की गोद में मुंह छिपाकर सबको रुलाती हुई फूट-फूटकर रोने लगी। बहुत देर के बाद बिराज भग्न स्वर में कहने लगी; "रो न पूंटी ! सुन।"

नीलाम्बर आड़ में खड़ा होकर सुनने लगा। बिराज की चेतना पूरी तरह से लोट आई थी। उसने समझ लिया कि उसकी यंत्रणा का अन्त हो गया है। बिराज बोलने लगी, "बिना समझे उन्हें दोष न दे पूंटी। उनका कैसा सूक्ष्म न्याय है, फिर भी कितनी दया है, इस बात को मुझसे अधिक दूसरा नहीं जानता। मरना ही मेरा जीवन है, यह बात मेरे जाने के बाद ही तुम समझोगी। तू कहती है–एक हाथ और एक आंख उन्होंने ले ली है, सो तो दो दिन आगे-पीछे होने ही वाला था। किन्तु इतना-सा दण्ड देकर उन्होंने तुम लोगों की गोद में लौटा दिया, इसे कैसे भूल जाती है पूंटी ?"

"खाक लौटा दिया है।" कहकर पूंटी रोने लगी।

क्षण-भर बाद बिराज ने कहा, "पूंटी ! बहुत देर से देखा नहीं, अपने दादा को एक बार बुला।"

नीलाम्बर आड़ में ही था, उसके पास आते ही छोटी बहू बिछौना छोड़ कर खड़ी हो गई। नीलाम्बर ने सिरहाने बैठकर सावधानी के साथ पत्नी का दाहिना हाथ अपने हाथ में ले लिया और नाड़ी देखने लगा। सचमुच बिराज में अब कुछ नहीं रह गया था। उसने पहले ही अनुमान कर लिया था कि यह सब ज्वर के आवेश में कह रही है और इसके उतरने के साथ ही सब कुछ समाप्त हो जाएगा। इस समय भी उसने यही समझा।

बिराज बोली, "खूब हाथ देखो।" इतना कहकर वह हंस पड़ी।

सहसा वह यह मर्मान्तक परिहास कर उठी। सबको याद आ गया कि इसी को लेकर इतना सब काण्ड हो गया है। वेद्रनासे नीलाम्बर का चेहरा फक हो गया; जान पड़ता है बिराज ने भी इसे देख लिया। वह तुरन्त अनुत्तप्त होकर बोली, "नहीं, यह बात मैंने नहीं कही। सच ही कहती हूं–अब कितनी देर है ?" इतना कहकर अपना सिर स्वामी की गोद में डालकर बोली, "सबके सामने तुम एक बार कहो कि मुझे क्षमा कर दिया।

नीलाम्बर ने रुंधे स्वर में कहा, "कर दिया।"

बिराज क्षण-भर आंखें बन्द किए रही। फिर मृदु कण्ठ से बोलने लगी, "ज्ञान में या अज्ञान में इतने दिन तुम्हारी घर-गृहस्थी में रहकर मैंने कितनी ही गलतियां की हैं, छोटी बहू ! तुम भी सुनो; पूंटी, तू भी सुन बहिन ! तुम लोग मेरी सब भूलों को क्षमा कर आज मुझे विदा करो। मैं चली।" इतना कहकर वह हाथ बढ़ाकर स्वामी के पदतल खोजने लगी। नीलाम्बर ने सिर के नीचे का तकिया एक ओर हटाकर पांव ऊपर उठा दिए। बिराज स्वामी की चरण-धूलि को बार-बार माथे से लगाती हुई बोली, "मेरा सब दुःख इतने दिनों बाद सार्थक हो गया। अब और कुछ नहीं है। मेरी देह शुद्ध, निष्पाप है। अब जाती हूं; जाकर रास्ता देखती रहूंगी।"

इतना कहकर करवट लेकर स्वामी की गोद में मुंह छिपाकर अस्फूट स्वर में बोली, "इसी तरह मुझे लिए रहो, कहीं जाना नहीं।" इतना कहकर मौन हो गई; थक गई थी।

सभी शुष्क मुंह से बैठे रहे। रात बारह बजे के बाद वह बकने लगी। नदी में कूदने की बात, अस्पताल की बात, निरुद्देश्य मार्ग पर चल पड़ने की बात। किन्तु सब बातों के बीच उसका उग्र, एकाग्र पति प्रेम भी स्पष्ट था। जरा देर के भ्रम ने किस प्रकार उस सती-साध्वी को जलाया !

इधर कई दिनों से बिराज बहू के सामने बैठकर नीलाम्बर को भोजन करना पड़ता था। उस दिन बीच-बीच में पूंटी को पुकारकर छोटी बहू को पुकारकर वह बकने लगी थी। उसके बाद सवेरे के समय समस्त पुकारना-बुलाना बन्द हो गया; उल्टी सांस चलने लगी। फिर किसीकी ओर नहीं देखा, किसी से कोई बात नहीं की; स्वामी के शरीर पर सिर रखे हुए सुर्योदय से साथ-साथ दुःखिनी के समस्त दुःखों का अन्त हो गया।

कोरेल

एक गांव था–कोरेल। लन्दन से लगभग पचास मील उत्तर में स्थित। एक नन्ही-सी नदी के तट पर दो विशाल हवेलियां थीं, जिनसे गांव की शोभा सौ गुनी बढ़ गई थी।

यद्यपि दोनों हवेलियों में काफी समानता थी, फिर भी कहीं-कहीं अन्तर स्पष्ट झलकता था। एक हवेली विलासभवन थी, तो दूसरी शांति-निकेतन। एक में कीमती गलीचे थे, संगमरमर का फर्श था, दीवारों पर विशाल शीशे, तो दूसरी सादगी एवं सरलता की प्रतिमूर्ति थी। न भीतर कोई विशेष सजावट थी, न बाहर कोई चमक-दमक। केवल हरी-भरी घास, फूलों के पौधे, अंगूर की लताएं थीं–नदी के नीरव तट पर।

दो सैनिकों के थे ये दो प्राचीन प्रासाद। एक का नाम था कैप्टन नोल, दूसरे का कर्नल हैरिंग्टन। सेना से अवकाश लेने के बाद दोनों मित्र एकान्त में, अपनी सामर्थ्य के अनुसार, इन दो अट्टालिकाओ को खरीदकर जीवन के अन्तिम दिन बिता रहे थे। कैप्टन नोल की इकलौती बेटी थी–मेरी, और कर्नल हैरिंग्टन का भी इकलौता बेटा था–लिओपोल्ड। मां उसे लाड़ से लिओ ही कहकर पुकारती थी।

▭▭

एक दिन लिओ की मां, अपने पुत्र को सिरहाने बिठाकर, मेरी को आशीर्वाद दे, पति का हाथ अपने हाथ में थामकर, सूर्योदय के साथ हंसती हुई सदा के लिए प्रस्थान कर गई। उस समय लिओ की अवस्था केवल

दस वर्ष थी। मां को मरती देख वह बुरी तरह रोने लगा, तो मेरी की मां ने आकर उसे गोदी में उठा लिया। उसे पुचकारती हुई बोली, "डर क्या है बेटा ! मैं सदा तुम्हारी मां बनकर रहूंगी।"

सात वर्ष की बालिका मेरी लिओ का हाथ थामकर बोली, "लिओ, रो मत, चुप हो जा ना !" और लिओ चुप हो गया।

▭▭

पत्नी की मृत्यु के पश्चात् कर्नल हैरिंगटन जुआ खेलने में डूब गए। संचित धन जितना सिमटने लगा, प्रवासी पुत्र का मुख याद कर उतने ही अधिक उत्साह के साथ गंवाए धन की पुन: प्राप्ति की आशा से वह जुआ खेलने लगे। क्रमश: सभी कुछ समाप्त होने लगा। जुए के उन्माद में भटककर उन्होंने मित्र नोल के यहां मकान गिरवी रखकर ऋण लिया। धीरे-धीरे वह भी खत्म हो गया। अत्यधिक निराशा से वह विक्षिप्त-से हो गए। एक दिन खाने की व्यवस्था देखकर वह विचलित हो उठे। बन्दूक में गोली भरकर उन्होंने आत्म-हत्या कर ली। पुत्र लिओ उस समय लन्दन में विद्याभ्यास कर रहा था। पिता की मृत्यु का समाचार सुनकर घर आ गया। मेरी की मां भी अब तक चल बसी थी। कैप्टन नोल ने केवल मौखिक सान्त्वना दी। पर सत्रह वर्षीय लिओ जब दुःख के सागर में डूब रहा था, तब आंखों में आंसू भरकर मेरी ने उसका हाथ थाम लिया, "लिओ, कोई चिन्ता न करो। तुम्हारी मेरी अभी मरी नहीं···"

लिओ उसकी ओर बड़े विह्वल भाव से देखता रहा।

दोनों के लिए बड़ा बुरा साल रहा यह। कैप्टन नोल को बुखार आया और वह भी चल बसे। पितृ-मातृहीन मेरी लिओ के वक्ष पर मुंह छिपाकर रोती-रोती बोली, "लिओ, केवल तुम ही रह गए अब ! मेरा क्या होगा ?"

लिओ ने स्नेह से उसकी भीगी आंखें पोंछते हुए कहा, "तुम चिन्ता क्यों करती हो ? मैं तो हूं···"

"कसम खाओ कि कभी छोड़ोगे नहीं !"

"तुम्हें विश्वास नहीं हो रहा। मैं कसम खाकर कहता हूं।"

मेरी ने अपना चेहरा उठाकर धीरे-धीरे कहा, "तो फिर नहीं रोऊंगी

"···सब कुछ तो है मेरे पास–तुम हो तो···"

२

लिओ एक पुस्तक लिख रहा था। लन्दन में उसका एक मित्र था। प्रतिक्रिया जानने के लिए अपनी हस्तलिखित पाण्डुलिपि उसने उसे भेज दी थी। कुछ दिनों बाद उत्तर आया, मित्र, तुम्हारे गौरव से मैं गौरवा-न्वित हूं। तुम्हारी पाण्डुलिपि मैंने कुछ विवशतावश एक पुस्तक-प्रकाशक को यों ही बेच दी है। पांच सौ पाउण्ड भेज रहा हूं–नाराज न होना। भावी उन्नति का शायद यह सोपान हो!'

यह पढ़कर मेरी की आंखों में आंसू आ गए। आनन्द-विभोर होकर लिओ का चुम्बन कर, उसने कहा, "लिओ, संसार में तुम सबसे महान कवि बनोगे एक दिन।"

लिओ हंस पड़ा, "मेरी, और कुछ बनूं या न बनूं, पिता का ऋण तो शायद चुका ही पाऊंगा।"

मेरी अब स्वयं महाजन थी, इसलिए इस बात पर उसे बड़ी लज्जा आई। तुनककर बोली, "ऐसी बात अगर फिर कही तो तुम्हारे पास मैं कभी भी नहीं आऊंगी।"

लिओ हंसा। मन ही मन बोला, 'तुम्हारे पिता का मेरे पिता पर ऋण है। हम दोनों उतकी सन्तान हैं, इसलिए मैं जिस तरह भी होगा, उनका ऋण चुकाकर रहूंगा।' अब लिओ और परिश्रम करने लगा और नई पुस्तक लिखने में जुट गया।

आज सारा दिन उसने सिर ऊपर नहीं उठाया। प्रतिदिन जिस प्रकार मेरी आती थी, आज भी उसी प्रकार आई। लिओ का शयन-कक्ष, अध्ययन कक्ष, बैठक आदि ठीक किए। नौकर-नौकरानियां होते हुए भी मेरी यह काम अपने हाथ से कर आया करती थी।

सामने एक दर्पण था। उसी में लिओ का प्रतिबिम्ब दिखाई पड़ रहा था। बहुत देर तक उसे देखने के बाद मेरी बोली, "लिओ, यदि तुम नारी होते तो इतने दिनों में इंग्लैप्ड की रानी बन गए होते।"

लिओ ने हंसकर पूछा, "क्यों?"

"इतना रूप देखकर राजा तुमसे विवाह कर सिंहासन पर ले बिठाते। तुम्हारे जैसे काले, घुंघराले बाल मैंने आर्ट गैलरी के चित्रों में किसी रानी के भी नहीं देखे। ऐसी शुभ्र, कोमल मुखश्री क्या किसी सम्राज्ञी की भी होगी ? गुलाब पुष्प की भांति ऐसी कोमल मधुमय देहशोभा कदाचित् स्वर्ग में वीनस की भी न थी।"

लिओ बहुत जोर से हंस पड़ा। कालेज में अध्ययन-काल में भी ऐसी बातें बहुत सारे लोग करते थे। शायद वही याद आ गई थीं। हंसकर बोला, "रूप अगर चुराया जा सकता तो शांयद यह रूप चुराकर, मुझे धोखा देकर, तुम इतने दिनों में इंग्लैंड की रानी बन गई होतीं–।"

मन ही मन खिसियाकर मेरी ने लाज से हंसते हुए कहा, "तुम स्त्रियों की तरह दुबले-पतले हो, उन जैसे ही कोमल और उन्हीं की भांति सुन्दर हो–तुम्हारे रूप की कोई सीमा नहीं।" इतने रूप के निकट मेरी में एक अजीब-सी हीन भावना जाग रही थी।

३

कोरेल गांव में प्रतिवर्ष बड़े धूमधाम के साथ घुड़दौड़ होती थी। आज उसी उपलक्ष्य में गांव के छोर पर स्थित विशाल मैदान में बड़ी भीड़-भाड़ थी। मेरी धीरे से लिओ के पीछे आकर खड़ी हो गई। लिओ उस समय बड़ी तन्मयता से पुस्तक लिख रहा था, इसलिए देख न सका। मेरी बोली, "मैं आई हूं, पलटकर देखो।"

लिओ ने पलटकर देखा, "ओफ्र, इतना शृंगार क्यों कर रखा है ?"

मेरी भी हंस पड़ी, "सुनोगे, किसलिए मैंने शृंगार किया है ?"

"बताओ।"

"आज घुड़दौड़ होगी। जो जीतेगा, वही आज मुझे फूलों की माला देगा।"

"फिर तो आज तुम्हारा बड़ा सम्मान होगा ! इसीलिए इतनी सज-धज !–क्यों ?" लिओ मुस्कराया।

प्रीति-प्रफुल्ल नेत्रों से मेरी कुछ देर लिओ की ओर देखती रही। फिर परम स्नेह से दोनों बांहों की माला उसकी गर्दन में डालकर, चेहरे

से चेहरा सटाकर, फुसफुसाई, "केवल यही नहीं ···तुम मेरे पास रहोगे। तुम्हारी बगल में खड़ी होकर कहीं मैं कुरूप न लगने लगूं, इसी भय से इतना शृंगार किया है। सुना है, हीरे-मोती से रूप दमकता है।"

सामने के शीशे में उस समय खिले गुलाबों की भांति दो आकृतियां उभर आई थीं। लिओ ने उन्हें दिखाकर कहा, "वह देखो प्रिय!"

मेरी अतृप्त नयनों से कुछ क्षण उन दो छबियों की ओर अपलक निहारती रही। उसे लगा, उसमें भी कम रूप नहीं। आज उसे पहली बार अहसास हुआ, कि सौन्दर्य के सहारे खड़ी होने पर कोई वस्तु कुत्सित नहीं दीखती, बल्कि जो सत् है, उससे लिपटे रहने पर दोष भी ढक जाता है। आवेश में आंखें मूंदकर मेरी ने धीरे से कहा, मैं जैसे चांद का कलंक हूं–फिर भी मेरी इतनी शोभा!"

मेरी सिहर उठी। लिओ ने बड़े स्नेह से उसका चेहरा और निकट खींचकर कहा,"चुप भी रहो। तुम मेरा कलंक नहीं, मेरी शोभा हो। चांद के प्रकाश में खिली कमलिनी!"

लेकिन मेरी को आंखें खोलने का साहस न हुआ। कितनी ही देर शायद वह इसी तन्द्रा की स्थिति में रहती, परन्तु तभी दूर गिरजाघर की घड़ी ने टन्न से एक का घण्टा बजाया। मेरी चौंककर खड़ी हो गई और व्यस्त-सी बोली, "समय हो गया–चलो।"

"मेरा जाना कैसे सम्भव है?"

"क्यों?"

"यह पुस्तक पांच दिन में पूरी करके भेजने का वादा कर दिया है। वचन का उल्लंघन करना लज्जा की बात होगी।"

मेरी तुनककर बोली, "लेकिन इस कारण मैं तुम्हें यों मरने नही दूंगी।"

लिओ का चेहरा मुरझा आया। पितृ-ऋण का स्मरण कर वोला, "यह मेरी नियति है मेरी! मुझे कठोर परिश्रम करता ही पड़ेगा।"

मेरी ने उसके मन की बात समझ ली, इसलिए और क्रुद्ध हुई, "अपनी पुस्तक तुम मुझे बेच देना। मैं दुगुनी कीमत दे दूंगी।"

लिओ को इसमें सन्देह न था। हंसकर बोला, "लेकिन क्या करोगी

क्या ?"

मेरी ने आवेश में अपने गले का मोतियों का हार दिखाते हुए कहा, "यह हार तोड़ डालूंगी ···जितने भी मोती और हीरे हैं, सबसे इस पुस्तक को मढ़कर, सोने के डिब्बे में रख लूंगी, सिरहाने रख लूंगी–उसके बाद ··· उसके बाद···"

"उसके बाद क्या ?"

सलज्ज हास्य से रक्ताभ मुख को तनिक झुकाकर मेरी बोली, "उसके बाद जिस दिन रात को बहुत बड़ा चांद निकलेगा, और उसकी किरणें तुम्हारे सोते हुए मुखड़े पर खेलेंगी, उस दिन···"

"उस दिन क्या ?"

"उस दिन बड़े ऊंचे स्वर में पपीहा गाएगा, लेकिन तुम्हारी निंद न टूटेगी। उस समय मैं तुम्हारे कानों के पास बैठकर···" मेरी जोर से फटकर हंस पड़ी।

लिओ ने तनिक शरारत से कहा, "मेरे कानों के पास बैठकर पुस्तक में जितनी सारी बातें हैं सबकी सब पढ़ डालोगी न ?"

मेरी ने हुमककर सिर हिलाया, "हुम् !"

"तो फिर मैं जागकर तुम्हारा मुंह इस प्रकार चूमा करूंगा··· !"

दोनों हंस पड़े–एक साथ।

घड़ी में डेढ़ बज रहा है–यह देखकर लिओ ने कहा, "बहुत देर हो गई। अब जाओ।"

मेरी जमकर बैठ गई। बोली, "मेरी तबीयत ठीक नहीं–आज नहीं जाऊंगी।"

"ऐसा कैसे हो सकता है ? वचन दिया है, न जाने से कैसे बनेगा कितने लोग तुम्हारी प्रतीक्षा में हैं !"

मेरी ने बिलकुल ढीठ की तरह कहा, "वचन का उल्लंघन होने प मुझे तुम्हारी तरह लज्जा की चिन्ता नहीं। मैं नहीं जाऊंगी।"

"छि:, जाओ ! ढिठाई नहीं करते।" वह पुचकारने लगा।

"तो तुम भी चलो।"

"अगर सम्भव होता तो अवश्य जाता।"

..सम्भव है–चलो न !"

"सम्भव नहीं, जाना एकदम असम्भव है।"

मेरी उठकर खड़ी हो गई। बोली, "तो फिर मैं यहां नही आऊंगी अब कभी।"

लिओ हंसकर बोला, "मैं जानता हूं, तुम जरूर आओगी।"

मेरी ने गुस्से से कहा, "मेरे न आने पर शायद तुम्हारे ख़ाने-पीने का भी कोई ध्यान न रखेगा। मन नहीं लगता, नहीं तो दो-एक दिन अवश्य चुपचाप घर के कोने में पड़ी रहती।"

"जब इतनी सामर्थ्य नहीं तो फिर क्रोध करने से लाभ ?"

इस बात की सचाई के बारे में मेरी को अणुमात्र भी सन्देह नहीं था, इसलिए खिन्न मन लिए गाड़ी में बैठकर सोचने लगी। उसने बचपन में पढ़ा था कि पेट से कभी हाथ-पैर आदि अंग नाराज हो गए थे, लेकिन उसका परिणाम कोई संतोषजनक नहीं निकला था।

इसलिए मेरी क्रोध न कर सकी।

४

दो बजे से कुछ पहले जब मेरी की शानदार बड़ी-सी बग्घी उस मैदान में आ पहुंची तो चारों ओर हलचल मच गई। वह सुन्दरी है, युवती है, अविवाहिता है और विपुल धन की स्वामिती। अत: सम्मान का आसन उसी के लिए सुरक्षित था। वह आज फूल-मालाएं बांटेगी। इसके बाद जो उसके गले में पहले जयमाला पहना सकेगा, संसार में उस जैसा भाग्यवान और कौन होगा ? रक्तवर्ण वस्त्रों से सज्जित घोड़ों की पीठ पर सभी घुड़सवार उत्साह के वेग और चंचलता को बड़ी कठिनाई से संयत कर प्रतीक्षा कर रहे थे। लगता कि वे पहाड़ों को लांघने में भी सक्षम हैं।

मेरी आ गई। निश्चित समय भी हो गया। पिस्तौल के दागते ही सबने व्यग्र होकर देखा–घोड़े की कतार हवा में उड़ती हुई भाग रही है।

तभी मेरी के पास जाकर उन्होंने घोड़ों की रासें ढीली कीं। पल-भर में एक-एक माला लेकर उन्होंने फिर घोड़ों को दौड़ा दिया।

अब मरने के लिए भी उनके पास समय न था। अपने प्राण उन्हें आज नितान्त तुच्छ लग रहे थे। केवल एक ही साध उनके मन में थी कि कौन सबसे पहले मेरी के हाथों में माला लौटा सकेगा।

मेरी सोच रही थी—आज केवल वह उने लोगों का लक्ष्य है। केवल उसके निकट पहले आने के लिए वे प्राण भी दे सकते हैं। अबोध बालिका-सुलभ आनन्द और यौवन की चपलता से इठलाकर वह देखने लगी :

घोड़े दौड़ रहे हैं। सभी व्यग्रता से प्रतीक्षा कर रहे हैं। किसी ने कहा, 'डेविड प्रथम होगा।' किसी ने कहा, 'चार्ल्स आगे बढ़ गया है।' बिजली की तरह वे अभीष्ट स्थान की ओर भाग रहे थे। वह डेविड पीछे रह गया। चार्ल्स आगे आ रहा है···किसी ने कहा, 'अभी कुछ समझ में नहीं आ रहा···' लेकिन क्षण-भर में ही स्पष्ट दिखाई पड़ा कि डेविड आदि सब पिछड़ गए हैं। चार्ल्स बिजली-सा लपकता आ रहा है—इसके बाद घोड़े की पीठ पर बैठे-बैठे ही उसने सबसे पहले पुष्पमाला मेरी के चरणों पर फेंक दी। बड़ा कोलाहल हुआ। तालियों की गड़गड़ाहट दूर तक गूंजती रही। चार्ल्स प्रथम आया, मेरी ने सम्मान के साथ उसका हाथ थाम लिया।

इसके बाद दूसरी दौड़ शुरू होनी थी। सवार अपने-अपने घोड़ों पर बैठ गए। पिस्तौल की धांय के साथ-साथ सभी ने कोड़े मारकर घोड़े भगाए। मेरी से माला प्राप्त करने के लिए सभी लपके, किन्तु इस बार असावधानी के कारण चार्ल्स नीचे गिर पड़ा, पीछे का घोड़ा उसके पैरों के ऊपर से प्रबल वेग से दौड़ गया···। जिन लोगों ने निकट से यह देखा, वे सभी चिल्ला उठे; लेकिन चिल्लाहट थमने से पूर्व ही चार्ल्स छलांग मार फिर घोड़े पर चढ़ बैठा। पैरों में गहरी चोट आई, यह सच था, लेकिन इसकी उसे कतई परवाह न थी।

मेरी घबरा उठी। कहीं घोड़े के पांवों तले कुचल जाता, तो? और अब चोट लगने के कारण यदि चलते घोड़े से गिर पड़े—मेरी के मन में गहरी आशंका हुई। इसका पहला कारण यह था कि उसका हृदय स्वाभाविक रूप से बहुत कोमल था, दूसरे के कष्ट से शीघ्र ही वह विचलित हो जाती थी। दूसरा कारण वंशगत था। बचपन से ही वह वीरता

की पक्षपाती रही। उसके पिता, पितामह आदि सभी योद्धा थे। शौर्य की कहानियां वह बचपन में पिता से सुना करती थी–घुड़सवारी युद्ध का एक अंग है। इसमें बड़ी दृढ़ता, साहस एवं सहनशक्ति की आवश्यकता होती है। जो कुछ युद्ध से सम्बन्धित है, वह सब गौरव की वस्तु है। सम्मान के सामने योद्धा प्राणों की आहुति दे देते हैं। आज केवल सम्मान के लिए ही चार्ल्स ने इस आघात को तुच्छ माना है–शायद वह प्राण न गवा बैठे ! यह सोचकर मेरी सिहर उठी। अभी-अभी जिसका हाथ थाम-कर उसने सम्मानित किया वह शायद जीवित न बचे। मेरी भय से शंकित होकर खड़ी हो गई और चार्ल्स के सकुशल लौटने के लिए मन ही मन प्रभु से प्रार्थना करने लगी।

इसके बाद बड़ा कोलाहल हुआ। दूरबीन लगाकर लोगों ने देखा–चार्ल्स फिर सबसे आगे आ रहा है। इस बीच मेरी ने इस अल्प समय में चार्ल्स के साथ अजीब-सा अपनापन स्थापित कर लिया था। उसके इस दुस्साहस कार्य के लिए अपने को वह बड़ी गौरवान्वित अनुभव करने लगी। चार्ल्स इस बार भी विजयी हुआ तो खुशी से मेरी के मुंह से वाक्य नहीं निकला। अपने गले से घड़ी और चेन खोल उसके गले में पहना-कर बोली, "तुम इस गांव के रत्न हो। तुम जैसा साहसी युवक दूसरा कोई नहीं।" चार्ल्स ने मुस्कराते हुए सीना फुलाया और मेरी को हार्दिक धन्यवाद दिया।

▭▭

उस रात मेरी ने सभी को निमंत्रित किया। संध्या के बाद उसके घर पर बड़े समारोह के साथ दावत का कार्यक्रम चलता रहा। भोजन के समय चार्ल्स की बगल में बैठकर मेरी ने मृदु स्वर में कहा, "तुम्हारे लिए मुझे बड़ा भय लग रहा था।"

चार्ल्स ने मुस्कराकर कहा, "क्यों ?"

"बड़ी ही गहरी चोट लगी थी…तुम्हारे अलावा और कोई भी घोड़े की पीठ पर न ठहर पाता।"

चार्ल्स ने विनम्र स्वर में कहा, "मेरी चोट ठीक हो गई है। मेरे लिए आप दुःखी हुईं, यह कोई कम सौभाग्य की बात है ? इतनी प्रसन्नता

मैंने कभी भी अनुभव नहीं की। आपकी कृपा प्राप्त करने के लिए मैं अपना पैर भी काट डालता तो मुझे दुःख न होता।"

उस रात शैम्पेन की बहुत-सी खाली बोतलें जमीन पर लुढ़कने लगीं। देर रात तक अपने अध्ययन-कक्ष की खिड़की पर बैठा, दुखी मन से लिओ विकृत स्वरों में गीत सुनता रहा। तभी सहसा पिआनो का शब्द झन-झनाता हुआ आकाश में गूंजा। कर्कश कण्ठ के साथ सुमधुर कण्ठ। खिड़की बन्द कर लिओ ने शय्या का आश्रय लिया। आज उसका हृदय पता नहीं बहुत दुखी था !

८

दूसरे दिन मेरी ने लिओ से कहा, "कल हमारे घर पर कैसा उत्सव रहा ! तुम्हारे पास तो समय ही नहीं था, इसलिए तुम्हें नहीं बुलाया।"

लिओ हाथ की कलम दवात पर रखकर बोला, "अच्छा ही किया था; लेकिन कल रात मेरा भी कोई काम नहीं हुआ। बड़ा नुकसान हो गया।"

उसके मुंह की ओर ताकती हुई मेरी बोली, "काम क्यों नहीं हुआ ?"

लिओ ने कलम उठा ली, पुस्तक में ध्यान देने का उपक्रम करते हुए बोला, "इस बात की चर्चा करने से कोई लाभ नहीं। मैं नहीं बता सकूंगा।"

ऐसी बात मेरी ने अपने जीवन में पहली बार सुनी थी। विस्मय से बोली, "क्यों ? क्यों ?"

"सो तो नहीं मालूम, शायद मन कुछ परेशान था···"

इसके बाद मेरी बहुत देर तक बैठी रही। बहुत-सी बातें मन ही मन गुनती रही, लेकिन लिओ ने न फिर सिर उठाया और न कोई बात ही की।

मेरी ने जाते समय कहा, "जा रही हूं···"

"जाओ।"

जाते समय उसे लगा कि मानो वह लिओ के मन की बातें कुछ-कुछ समझ सकी हो, किन्तु प्रतिकार का कोई उपाय नहीं था, केवल अनुमान-

भर लगाया जा सकता था। जो हो छोटा-सा रास्ता उसने बड़े अन्य-मनस्कभाव से पार किया। घर में प्रवेश करते समय नौकर ने एक विजिटिंग कार्ड हाथ में लिए हुए कहा, "चार्ल्स बैठक में प्रतीक्षा कर रहे हैं ?"

मेरी ने भृकुटियां सिकोड़कर पूछा, "क्यों ?"

"यह तो नहीं पूछा। क्या पूछ आऊं ?"

मेरी ने तनिक सोचकर कहा, "रहने दो, मैं स्वयं ही जा रही हूं।"

चार्ल्स का कोई विशेष कार्य नहीं था। वह केवल पिछली रात की पार्टी के लिए धन्यवाद देने आया था। मेरी के कमरे में प्रवेश करते ही वह बड़े सौजन्य-भाव से अभिवादन कर खड़ा हो गया। मेरी ने उसका हाथ थामकर बिठाया और आने का कारण पूछा। कारण जो भी रहा हो, पर बातों का सिलसिला कुछ दूसरे ही ढर्रे पर चला गया। वह मेरी की प्रशंसा जी खोलकर करने लगा।

मेरी के पास कितनी सम्पदा है, कितनी धन-दौलत, कितना मान-सम्मान–यह तो हुई पहली बात। इसके बाद, मेरी कितनी अभिजात है, उसके पिता कितने बड़े योद्धा एवं सहृदय सज्जन थे ! राज-दरबार में उनकी जैसी प्रतिष्ठा को अर्जित करने के लिए विशेष बुद्धि, विवेचनशक्ति एवं राजनीतिक ज्ञान आदि की आवश्यकता पड़ती है। वे सारे गुण मेरी के पिता में विद्यमान थे। एक वाक्य में कहा जाए तो आजकल उन जैसा प्रभावशाली व्यक्ति मिलना सम्भव नहीं था।

लेकिन अन्त की अन्य बातें और भी भली थीं। मेरी को वे बड़ी अच्छी लगी थीं। वह थीं–मेरी के रूप और यौवन की व्याख्या। पुरुष के मुंह से ये बातें नारियों को सबसे अधिक तृप्तिदायक प्रतीत होती हैं। इन बातों के मुकाबले दूसरी कोई बात कुछ भी नहीं। अत: कितनी देर तक दोनों उस निर्जन कक्ष में विचारों की दुनिया में डूबे रहे, मेरी को पता ही न चला। घड़ी में जब दो बजे, तक चार्ल्स ने विदा ली और जाते समय सांध्य-भोजन का निमंत्रण भी साथ ले गया।

उसके चले जाने के बाद इस रूप और वैभव की कहानियों की लहरें जब धीरे धीरे शान्त होने लगीं और उनकी गूंज मेरी के मस्तिष्क में

टकरा-टकराकर क्रमश: क्षीण होकर शून्य में विलीन होने लगी, तब उसे यह बोध हुआ कि बहस में बहकर आकस्मिक रूप से निमंत्रण दे देना तर्कसंगत नहीं था। शाम के बाद वह आएगा तो दोनों को साथ भोजन करना पड़ेगा। शायद और कोई न भी रहे ! कितनी ही बातें करने की सुविधा मिलेगी, लेकिन मेरी का मन उचट गया।

यदि और कोई जान ले ? यदि उसे कष्ट पहुंचे ? कांपते हुए हाथों से मेरी ने एक चिट पर लिखा, "शाम को मत आना ! मैं कुछ अस्वस्थ अनुभव कर रही हूं···।" लेकिन यह पत्र चार्ल्स के पास भेजने में उसे संकोच होने लगा। काफी सोच-विचार के बाद मेरी ने अन्त में लिखा, "जब आओगे तब तीन-चार अन्य मित्रों को भी साथ ले आना।"

नौकर पत्र लेकर चला गया।

न चाहते हुए भी उस रात चार्ल्स दो-तीन मित्रों को साथ ले आया। भोजन आदि की समाप्ति के बाद सभी ने एक स्वर से मेरी से गाना सुनाने का आग्रह किया। इच्छा न होते हुए भी उसे अतिथि का अनुरोध मानना पड़ा। पिआनो को झंकृत कर मेरी का मधुर कण्ठ दो-तीन सप्तकों के बीच खेलता रहा। उत्साह और आनन्द से चार्ल्स तथा उसके साथी कई बार वाह-वाह कर उठे। मदिरापान के दौर चलते रहे। ज्यों-ज्यों मदिरा के पात्र रीते होते गए, त्यों-त्यों उत्साह और आवेग बढ़ता चला गया। संगीत की ध्वनि खिड़की के भीतर से लिओ के अध्ययन-कक्ष में गूंजती रही। पर आज लिओ ने जानबूझकर खिड़कियों को एकदम बन्द कर दिया था। फिर भी वह परेशानी से बच न पाया।

इधर गाते-गाते मेरी का गला सूखता तो बगल में बैठे चार्ल्स और उसके साथी मदिरा का गिलास लेकर खड़े हो जाते। छलकते जाम का लगातार मुख-चुम्बन कर मेरी का गला सरस और मस्तिष्क फिर प्रफुल्लित हो उठता। रात देर तक पिआनो की झंकार गूंजती रही।

भोजन की समाप्ति के बाद बिस्तर पर लेटकर उस दिन की तरह आज नींद न आई। मेरी ने बहुत सारी बातें सोचीं। श्रोताओं ने उसकी कितनी प्रशंसा की थी ! किस प्रकार उसकी शुभ्र कली-सी अंगुलियां की-बोर्ड पर बिजली की गति से दौड़ रही थीं और अंगुली पर हीरे की

बड़ी अंगूठी बीच-बीच में चमचमाकर शोभा को द्विगुणित कर रही थी, लेकिन सहसा उसे याद आ गई, किसी और की, और भी शुभ्र सुन्दर अंगुलियां ! वे थकी, अवसन्न अंगुलियां अब भी क्या ? शहद होने पर मधुमक्खियां आएंगी ही ! उसने शायद सब कुछ सुना, शायद क्लेश का भी अनुभव किया है, लेकिन इसके प्रतिरोध का उपाय भी क्या ? शहद होने पर मधुमक्खियां आएंगी ही ! धन रहने पर उसके चारों ओर लोगों का समूह इकट्ठा होगा ही ! नये सम्बन्ध का बन्धन यौवन के अंग में लिपटने का प्रयास स्वत: ही करेगा–इच्छा के होते हुए भी इस बन्धन को अपने हाथों से खोला नहीं जा सकता। दुखी चित्त से उद्धार की कामना करती हुई मेरी उस रात सो गई।

अगले दिन वह लिओ के पास जाकर बैठ गई। लिओ लिख रहा था, एक बार भी उसने आंखें उठाकर नहीं देखा। बहुत देर तक मेरी को कोई बात न सूझी, फिर साहस संजोकर बोली, "कितना शेष रह गय तुम्हारा काम ?"

"बहुत।"

"दो-तीन दिनों में क्या लिखा ? सुनाओगे नहीं ?"

ऐसे समय में ध्यान बंट जाने से कलम के मुंह पर बहुत-सी स्याही आ गई थी। टप्प से एक बड़ी-सी बूंद सफेद कागज पर टपक पड़ी। लिओ ने पांडुलिपि थोड़ी खिसका दी और कलम को पोंछते हुए कहा, "मेरी, तुम्हारे मुंह से शराब की तेज गन्ध आ रही है। यह मुझे सहन नहीं होती–जरा खिसककर बैठो, इतने निकट बैठे रहने पर मुझसे भूल हो जाएगी।"

क्षण-भर में मेरी की आंखें नम हो उठीं। बोली, "मैंने ऐसी शराब नहीं पी।"

"हो सकता है, लेकिन मुझे यह गन्ध बड़ी तेज लग रही है। या तो तुम खिसककर बैठो, या घर जाओ।"

मेरी उठकर खड़ी हो गई। वह सदा लाड़-प्यार में पली थी। ऐसी अवहेलना की बातें सुनने की वह आदी नहीं। बड़े अपमान का बोध हुआ उसे। वह बहुत स्वाभिमानी थी, इसलिए लिओ की बातें उसके सारे तन-बदन में तेज विष की ज्वाला जगा गईं। खड़े होते समय उसने सोचा था

कि दो सख्त बातें सुना देगी, 'झूठे', 'अकृतज्ञ' आदि शब्दों को उसके सीने पर छुरे की तरह घोंप देगी, फिर सामान्य तौर पर जोर से झगड़कर सदा के लिए सम्बन्ध-विच्छेद कर चली जाएगी। लेकिन खड़े होते ही उसके शब्दशास्त्र का कोश न जाने कहां खो गया ! उसने भृकुटियां तानी थीं। आंखें फैलाकर उसने दांतों से होंठ काट लिए, लेकिन कोई बात न निकली। सामने के दर्पण में वह चित्र लिओ ने देख लिया। निकट आ मेरी की उन्नत ग्रीवा के पास हाथ रख वह बोला, "अपमान का बोध हुआ ?"

मेरी के स्वाभिमान को अब वाक्य ढूंढ़े मिल गए। तीखे स्वर में बोली, "तुम बहुत छोटे हो–बौने ! तभी ऐसा अपमान किया तुमने।"

लिओ धीरे-धीरे हट गया। बोला, "मेरी, संसार में यही दो बातें मैं सह नहीं सकता। ऐसी बातें कभी होंठों पर मत लाना। तुम अध:पतन की ओर जा रही हो, तभी चेतावनी देनी चाही थी, लेकिन उसके बदले में ऐसी मर्मान्तक बातें !"

मेरी और भी कुद्ध हुई, "अध:पतन की ओर कैसे गई मैं ?"

"मुझे तो ऐसा ही लगा। भद्र परिवार की नारी–विशेष रूप से तुम, एकान्त में इतनी रात तक आमोद-प्रमोद करती रहो, यह मुझे सह्य नहीं। लोग भला क्या कहेंगे ?"

"फिर लोगों की चर्चा !" मेरी उबल पड़ी, "लोगकुछ भी खयाल नहीं करते। तुम्हें अभाव के दिन देखने पड़ रहे हैं, पर मुझे किस बात की कमी है, जो समाज से छिपकर रहूं !" तनिक विद्रूप-सी हंसी में हंसती हुई पुन: बोली, "पिता मेरे लिए अभिशाप नहीं छोड़ गए। जो सुखकर है, वांछित है, वह सब दे गए हैं। जिसके पास इतना सब है, उसने यदि दो-चार मेहमानों को भोजन के लिए कभी-कभार आमन्त्रित कर भी दिया तो कौन करेगा दोषारोपण ?"

मेरी इतनी सारी बातें कह सकती है, लिओ इसकी कल्पना भी नहीं कर सकता था। कितना स्नेह था, कितनी करुणा थी ! फिर यह तीव्र विष ! बिलकुल निष्प्राण-सा अवसादग्रस्त बैठा रहा था। कोई उत्तर या प्रतिवाद उसे ढूंढ़े न मिला। गुस्से से उफनती मेरी चली गई, यह उसने

देखा, लेकिन उसे लौटा न सका। विशेष इच्छा भी न रही। फिर भी शायद दो बातें कर सकता तो अच्छा होता।

अपने कमरे में पहुंचकर मेरी रूमाल से अपना मुंह ढांपकर सोफे पर बैठ गई। सारा शरीर बुरी तरह तप रहा था।

तभी नौकर ने आकर कहा, "चार्ल्स प्रतीक्षा कर रहे हैं।"

मेरी ने रूमाल मुंह से हंटाकर डपटते हुए कहा, "भगा दो उसे !"

नौकर चकित रह गया। कुछ देर चुपचाप खड़ा रहने के बाद वह चला गया। चार्ल्स के पास जाकर बोला, "तबीयत ठीक नहीं, इस समय भेंट नहीं होगी।"

चार्ल्स ने उत्कठा से कई प्रश्न किए, "कब तबीयत खराब हुई ? कैसे हुई ? कब तक ठीक होगी ?"

बहुत-सी बातें एक सांस में कह गया, पर उत्तर न मिला। अभी-अभी फटकार खाने के कारण नौकर कुछ बिगड़ा हुआ था। पर क्यों डांटा गया, यह रहस्य उसकी समझ में न आया। बोला, "मुझे इतना सब मालूम नहीं।"

निराश होकर चार्ल्स ने उसके हाथ में एक गुलदस्ता दिया और कहा, "मेरी ओर से उन्हें दे देना।"

नौकर ने उसे बगल की मेज पर रखकर कहा, "उनके नीचे आने पर दूंगा।"

६

करीब एक महीना हो गया, किसी ने किसी से भेंठ न की। मेरी का खयाल था कि उसके बचपन के साथी ने उसके तन-मन को जिस ममता के आवरण में ढक दिया था, उसे वह थोड़ा-थोड़ा कर काट चुकी है, और उसपर अब न कोई स्नेह है, न माया-मोह। तनिक-सा भी सम्बन्ध उसके साथ नहीं। इस एक महीने के भीतर वह इन बातों को दिन-रात मन ही मन दुहराती रही; लेकिन जितना अधिक वह इन पर विचार करती, उतना ही स्वयं को छलती रही। अपने हृदय में उसने एक दिन भी झांककर नहीं देखा। नहीं तो देखती कि वहां लिओ और वह आमने-सामने आठों

पहर बैठे हैं। प्रेमालाप नहीं, केवल कलह कर रहे हैं। उठते-बैठते सदा वह सोचती रहती कि किस प्रकार से इस कलह को और पेचीदा बनाया जा सकता है। किस प्रकार नित नये उपाय खोजने से लिओ की खीझ को बढ़ाया जा सकता है| किस तरह का आचार-व्यवहार आरम्भ करने पर उसे और भी खिन्न किया जा सकता है। इस बीच दो बार और शानदार भोजन का आयोजन हुआ। व्यय की अधिकता और आयोजन की भव्यता देखकर गांव के लोगों ने अत्यधिक प्रशंसा की, पर उसमें उसका मन नहीं जमा। मानस-नेत्रों से वह केवल देखना चाहती कि इन सारी बातों को सुनकर लिओ का चेहरा कैसा सूख गया है ! कैसा पीला पड़ गया है ! वह कानों से सुनना चाहती थी कि लिओ किस प्रकार आन्तरिक यन्त्रणा से उद्वेलित हो लम्बी-लम्बी सांसें खींच रहा है। इतना धन व्यय तभी तो सार्थक होगा। अर्थ-व्यय का कारण लिओ है, और उद्देश्य है–उसे पीड़ा पहुंचाना।

पर उसे लगा कि वह अपने उद्देश्य में सफल नहीं हो पाई है। एक दिन उसने और भी शानदार पार्टी का आयोजन किया जो रात-भर चलती रही। भीड़ से परे हटकर मेरी एक किनारे बैठकर सोचने लगी कि लिओ शायद अब तक जागा होगा और इस रंगरेली को खिड़की खोलकर देख रहा होगा···पर उसने पाया कि जलते दीपक लिओ ने अवश्य देखे, लेकिन उसी समय उपेक्षा से खिड़की बन्द कर वह पलंग पर लेट गया और गहरी नींद में डूब गया है। मेरी छटपटाकर उठ बैठी। अपनी ही बात वह स्वयं न समझ पाई। उसे लगा, इतना उत्सव-समारोह सब बेकार गया। उसने तो इस ओर ध्यान भी नहीं दिया।

जलन पर जलन ! मेरी सम्पन्त थी, लिओ दरिद्र ! उसके पास विशाल सम्पदा थी जबकि लिओ के पास कुछ भी न था ! जन-साधारण उसका कितना मान-सम्मान करते थे, जबकि लिओ को कोई पहचानता तक न था ! फिर भी वह इतनी ऊंचाई पर बैठा था कि मेरी अपना सारा धन खर्च करके भी उसके निकट फटक न पा रही थी। उसके रूप, यौवन और धन-दौलत के चरणों के तले कितने लोग प्रतिदिन आकर सिर झुका रहे थे, स्वेच्छा से, बिन मांगे अपने को बेचने के लिए, उसकी

ओर तनिक संकेत के लिए दीन नयनों से ताक रहे थे, किन्तु वह अभाव ग्रस्त, असहाय, अलौकिक जीव एक बार भी पलटकर नहीं देख रहा था। न वह पकड़ना चाहता, न पकड़ में ही आता था। मारे गुस्से के मेरी आकाश की ओर थूकती। पांव पटकती। पर लिओ इतनी ऊंचाई पर था कि उस तक पहुंच पाना असम्भव हो रहा था।

७

अपने जन्म-दिन के उपलक्ष्य में मेरी ने घर पर विशाल उत्सव का आयोजन किया। प्रतिवर्ष ही यह हुआ करता था, किन्तु इस बार तड़क-भड़क कुछ ज्यादा ही थी। सारे घर को रंगीन फूल-पत्तियों से सजाया गया था। अनगिनत दीपक रंग-बिरंगे कांच-पात्रों से सुसज्जित होकर रात्रि की प्रतीक्षा में थे। गांव के सभी भद्र स्त्री-पुरुष आमन्त्रित थे। इस अवसर पर काफी धन खर्च कर रात के लिए लन्दन का कोई प्रसिद्ध जादूगर बुलाया गया था। जादू देखने के लिए संध्या से पूर्व ही बहुत-से लोग धीरे-धीरे इकट्ठे हो रहे थे। जो अस्वस्थ थे, वे भी गर्म कपड़े से तन ढांपकर शाम को ही उपयुक्त स्थान पर आसन जमाकर बैठ गए थे। निश्चित था कि सात बजे की नाड़ी से जादूगर आएगा और आधे घण्टे में ही अपना चमत्कार दिखाना शुरू कर देगा। इसके बाद दस बजे भोजन होगा। कब साढ़े सात बजेंगे ? सब अधीर हो रहे थे, लेकिन सात बजे एक अनहोनी घटना घटी। जादूगर के बदले एक तार आ पहुंचा कि जादूगर अचानक बहुत बीमार हो गया है, आ नहीं सकेगा।

यह सुनते ही मेरी को चक्कर आ गया। अब चारा क्या था ? दाहिने हाथ से चार्ल्स के हाथ में तार देकर बोली, "जो कुछ करना है, करो। कोई मेरे विषय में पूछे तो बता देना कि सहसा अस्वस्थ हो जाने के कारण वह बिस्तर पर पड़ गई है।"

टेलीग्राम पढ़कर चार्ल्स भी अत्यन्त दुखित हुआ। उसने कहा, "अब क्या होगा ? सात बजे से दस बजे का समय कैसे बीतेगा ?"

उस समय तो यह बात दबी रही, पर धीरे-धीरे लोगों से हाल भर गया। सभी के चेहरों पर आग्रह और उत्कण्ठा थी। ज्यों-ज्यों समय

बीतने लगा, त्यों-त्यों लोग विचलित होने लगे। जो लोग कुछ अस्वस्थ थे, वे घर वापस जाने का उपाय सोचने लगे। हर कहीं कानाफूसी होने लगी। यह सब देखकर मेरी अपने बाल नोचने लगी।

अन्त में निराश हो किसी ने संगीत का सुझाव दिया। कोई किसी वृद्ध या किसी संगिनी को खींचकर नृत्य के लिए ले गया, तो कोई युवक अपने मित्र का हाथ थामे धीरे-धीरे बिलियर्ड-हाल की ओर चल दिया। इस प्रकार सात से दस बजे तक का समय कैसे बिताया जा सकता है, इस पर सभी सोचने लगे। मेरी ने किसी समाधान के लिए चार्ल्स की ओर देखा, पर वह विवश भाव से चुप रह गया। तभी आलस्टर में सिर से पैर तक आवृत कर लिओ आया और हाल के एक कोने में बैठी युवती से बात-चीत करने लगा। उसने पूछा, "जादूगर क्योंनहीं आया ?"

युवती बोली, "वह सहसा बीमार पड़ गया।"

"तो फिर ?"

"तो फिर क्या ? अब दस बजे तक का समय जो जिस तरह चाहे, बिताए। मेरी की दशा बड़ी शोचनीय हो गई है। वह बहुत लज्जित है।"

लिओ ने थोड़ा सोचकर कहा, "मैं गाना गाना जानता हूं। शायद सुनने में बहुत बुरा न लगे। क्या राय है ?"

वह रमणी संगीत-प्रेमी थी। उसने लिओ का हाथ पकड़कर उसे पिआनो के पास लाकर बिठा दिया। अपने हाथ से डाला खोलकर बोली, "बजाओ !" पिआनो बोल पड़ा–झम्म ! झम्म ! झम्म···!

बहुत लोगों ने अभी तक इधर नहीं देखा था। पिआनो की ध्वनि सुनकर वे इधर पलटकर देखने लगे। प्रत्येक झंकार पर उस समय साधा-रण-सा पिआनो स्वर्ग का संगीत रच रहा था, जो लोग समझदार थे, वे समझ गए कि ऐसा अलौकिक संगीत उन्होंने जीवन में कभी सुना न था। बगल के कमरे में जो लोग ताश लेकर बैठे थे, उन्होंने भी अपना खेल स्थगित कर दिया। बिलियर्ड-हाल की ओर जो जा रहे थे, वे खड़े हो गए। सभी अचरज से एक-दूसरे का मुंह ताकने लगे, "अरे, यह कौन है?"

किसी ने भी लिओ को अच्छी तरह से देखा न था, इसलिए कोई

पहचान न सका। जो महिला पहचानती थी, वह बोली नहीं। इसके बाद पिआनो, जो कुछ अस्फुट बोल रहा था, कण्ठ ने उसे स्पष्ट बना दिया। उस कण्ठ की क्या कोई तुलना हो सकती थी। अस्सी वर्ष के वृद्ध ने सोचा–अपने जीवन में उसने ऐसा स्वर पहले कभी नहीं सुना ! धर्म-परायणा वृद्धा ने सोचा–संसार के अन्तिम दिन शायद देवतागण ऐसा ही संगीत सुनाएंगे ! लहराता हुआ स्वर कक्ष में व्याप कर आकाश में गूंजने लगा। जिस प्रकार बवण्डर रास्ते की धूल, खर-पतवार, घास-पात, कंकड़ सभी कुछ एक साथ चक्रवात में लेकर आकाश में चढ़ जाता है, यह स्वर भी उसी प्रकार बालक, युवक, प्रौढ़, वृद्ध आदि सभी का मन एक साथ लेकर ऊपर उड़ा ले जा रहा था। इतना मुग्ध शायद जादूगर भी न कर पाता। निस्पन्द-नीरव, किसी के मुंह से कोई शब्द नहीं। बहुतों के शरीर में चेतना के लक्षण भी नहीं। ठीक किस समय गीत समाप्त हुआ, बहुत-से लोग इसे जान भी न सके। इसके बाद जब पिआनो झम्म-झम्म कर अपनी आखिरी झंकार को मुग्ध गगन में तरंगित कर मौन हो गया, तब सभी लोग बड़ी जिज्ञासा से पिआनो को चारों ओर से घेरकर खड़े हो गए। हर एक ने हर एक की ओर देखकर पूछा, "कौन है ?" पर कोई भी उत्तर न दे सका।

लिओ ने अपना मुख झुका रखा था।

फिर पिआनो झम्म-झम्म करने लगा तो क्षण-भर में मुग्ध, विस्मित जनमण्डली वहां से हट गई। जिसको जहां जगह दीखी, बैठ गया। निर्जीव पिआनो सजीव होकर कितनी सारी बातें करने लगा था ! लिओ विरह का कोई गाना गा रहा था–किसी दूर समुद्र-तट पर बैठी परित्यक्ता राजकन्या अपने प्रेमी के लिए समुद्र को बुलाकर कह रही है–सुनो सागर, मेरे पति को लौटा दो ! लौटा दो ! किस अथाह में उसे डुबोकर छिपाए हो ! हाय, दया कर उसे लौटा दो ! नहीं तो मुझे भी अपनी एक लहर भेजकर खींच लो ! इस दुस्सह जीवन का भार अब मुझसे नहीं ढोया जाता।

गीत का भाव कुछ ऐसा ही था। श्रोताओं में किस पर कैसी बीत रही थी, इसकी सुध किसी को न थी। पर मेरी अब तक एक कोच के

गुजू पर सिर रख व्याकुल हो रही थी। उसे लग रहा था, शायद उसका सारा हृदय संगीत बनकर रोता फिर रहा है···समुद्र क्या है, उसे नहीं मालूम, केवल व्याकुल मर्मभेदी क्रन्दन से दया की भीख मांग रही है–वह मेरा ख़ो गया···अजी, लौटा दो ! लौटा दो···!

प्रबल ज्बर में जिस प्रकार रोगी की प्यास किसी प्रकार से शांत नहीं होती, उसी तरह इन आमंत्रित लोगों की संगीत की तृष्णा किसी प्रकार से भी बुझ नहीं रही थी। एक-एक कर कई गीत उसने गाए।

दस बज गए थे। भोज का समय हो रहा है, देखकर लिओ ने पिआनो का डाला बन्द किया और उठकर खड़ा हो गया, तब सभी ने पहचाना कि वह कौन है। मेरी ने जब पहचाना, तब लड़खड़ाती हुई एक कमरे में जाकर लेट गई। क्षण-भर के लिए उसमें चेतना न रही; लेकिनवह स्थिति केवल पल-भर के लिए ही रही। इसके बाद मेरी उठकर बैठ गई। संभलकर डाइनिंग रूम में जा पहुंची। चारों ओर झांका–सभी एकत्र थे; लिओ के अतिरिक्त। उसी के बारे में सब बातचीत कर रहे थे। मेरी के आते ही सभी ने यही प्रश्न किया तो मेरी ने गर्दन हिलाकर कहा, "मुझे नहीं मालूम।"

अन्त में दरबान ने सूचना दी कि लिओ चला गया है।

किसी की भी समझ में कारण न आया, लेकिन बात सभी के दिमाग में कौंध गई। लज्जा और अभिमान से आहत मेरी ने आवेश में दांतों से होंठ इतने जोर से दबाए कि होंठ कटकर लहूलुहान हो गए।

उसे निमंत्रण नहीं दिया गया था। मेरी के जन्म-दिन के अवसर पर प्रतिवर्ष आता था, आज भी वैसे ही चला आया था। निमंत्रण की अपेक्षा नहीं की थी उसने। आज वह न आता तो पार्टी फीकी-फीकी रहती। मेरी के सम्मान की रक्षा कर वह चुपचाप खिसक गया था। धन्यवाद के दो शब्दों के लिए भी न रुका। इस तरह धीरे से खिसककर उसने अनजाने ही मेरी की उपेक्षा की थी, इससे मेरी तड़प उठी और स्वयं को पराजित अनुभव करने लगी। संगीत का 'क', 'ख' भी लिओ जानता है, इतने दिनों के घनिष्ठ परिचय से भी मेरी जान न सकी थी, इसलिए उसकी आवाज न पहचान पाई थी। जब पहचानी, तब उसकी चेतना लुप्त हो

हो रही थी···उस पर यह अपमान ! यातना से सारी रात मेरी कराहती रही।

८

और भी तीन दिन यों ही चुपचाप बीत गए। इस बार, इतने दिनों पश्चात् लिओ की आंखें एक-दो बार गीली हो आई थीं। महीने-भर से मेरी धीरे-धीरे दूर सरकती जा रही थी। अवहेलना, उपेक्षा करने में उसने कुछ भी कसर नहीं उठा रखी थी, लेकिन इतने दिनों के बाद यह अपमान ! अपने स्वाभिमान को ताक पर रखकर वह बिना बुलाए ही उसके द्वार तक चला गया था और बदले में उपेक्षा का यह मौन दाह लेकर लौटा था–यही बात उसे सबसे अधिक विचलित किए जा रही थी। तीन दिन बीत गए थे। वह एक बार भी न आई थी। एक बार बुलाया तक नहीं। क्या केवल इतना ही था सब ? लिओ के मन में धिक्कार-सी उठी।

भाग्य को कोसकर, कर्मफल का बहाना बना, दूसरे के बुरे चरित्र की निन्दा कर थोड़ा-सा शांत हुआ जा सकता है, किन्तु जब स्वयं अपने को धिक्कारने की इच्छा होती है, तब फिर उसे अपना दुख धरने के लिए कोई ठौर नहीं मिल पाता। महीने-भर से लिओ के अन्तर में भले ही चैन न था, किन्तु आत्म-सम्मान तो था ही। उसका आत्मगौरव उसे पर्वत-सा अडिग बनाए था, लेकिन आज उसने पहली बार देखा कि उसके आत्म-गौरव ने भी उसे धोखा दिया है। मेरी को वह प्यार करता था, क्योंकि मेरी भी उससे प्यार करती थी, यह बात तो ठीक थी, किंतु इसके बाद उसका क्रोध, और ऐसी ढिठाई ! उसके हृदय में तनिक भी प्यार होता तो क्या वह ऐसा करती ?

लिओ ने मन ही मन निश्चय किया कि वह भी अब उसे प्यार नहीं करेगा। मेरी को ठीक से न समझ पाना उसकी भूल थी। भूल की सजा उसे मिलनी ही चहिए। वह अपने मन को तरह-तरह से समझाने लगा।

मेरी को भुलाकर अपना सारा ध्यान उसने पुस्तक लिखने में केन्द्रित कर दिया। एक नारी-चरित्र के चित्रण में वह डूब गया।

अन्त में अपने ही लिखे को उसने पढ़ा तो और भी अधिक स्वयं को प्रताड़ित अनुभव किया। जिस नारी की वह उपेक्षा कर रहा था, जिसे भुलाने के लिए उसने हजार कोशिशें की थीं, यह तो उसी की जीती जागती तस्वीर थी। दरवाजा बन्द कर विक्षिप्त-सा वह लेट गया।

९

एक सप्ताह भी न बीता कि मेरी ने अचानक चार्ल्स से कहा "मुझ पर एक उपकार कर सकते हो ?"

आज मेरी की आंखें किसी उन्मादिनी की तरह चमक रही थीं।

चार्ल्स ने कहा, "कैसा उपकार ?"

मेरी थोड़ा रुककर बोली, "सुनो, तुम्हें समझाकर बताऊं–मेरे कलेजे में एक बहुत ही छोटा कांटा चुभ गया है। बाहर से दिखाई नहीं पड़ता, काफी भीतर प्रवेश कर कसक रहा है–तनिक भी चैन नहीं मिलता। तुम उसे निकाल सकोगे ?"

चार्ल्स ने सोचा, यह कैसा ? बोला, "किस तरह से चुभ गया ?"

मेरी ने मुस्कराकर कहा, "सो भी सुनोगे, लेकिन शायद समझ न सकोगे। बचपन में एक गुलाब लेकर मैं खेला करती थी, उसमें एक कांटा था, देख नहीं सकी उसे। इसके बाद लगता है, कभी नींद की बेखबरी में उसे सीने पर कस लिया था, जिससे कांटा चुभ गया है। फूल सूखकर झर गया, पर अब कांटे की कसक है। उसे भी बाहर निकालना चाहती हूं। तुमसे होगा यह कार्य ?"

चार्ल्स कुछ भी न समझ सका। दिलासा देने के ढंग से बोला, "शायद निकाल लूंगा, लेकिन कांटा तो बहुत छोटा है न ?"

"हां, बहुत छोटा है, लेकिन लगता है, सीने का बहुत-सा रक्त-मांस काटे बिना वह निकलेगा नहीं। शायद मेरे प्राणों को भी ले ले। सावधानी से निकालोगे न ?"

चार्ल्स डर गया। बोला, "तो फिर डाक्टर को बुलाओ।"

मेरी हंसी। बोली, "डाक्टर बुलाते लाज लगती है। बिलकुल सीने के बीचोंबीच जो है–इसीलिए।"

चार्ल्स ने तनिक सोचकर कहा, "मुझसे न होगा।"

मेरी ने तुनककर कहा, "अगर तुमसे नहीं होता तो मन ही मन छिपकर मेरी कामना क्यों करते हो ?"

चार्ल्स का दिल सूख गया; लेकिन अगले ही क्षण इधर-उधर दृष्टि डालकर देखा कि कमरे में कोई नहीं है। किंचित साहस समेटकर बोला, "देवता भी तुम्हारी कामना करते हैं, मैं तो तुच्छ मनुष्य हूं।"

मेरी ने अन्यमनस्क ढंग से कहा, "किंतु एक व्यक्ति मेरी कामना नहीं करता। वह शायद देवताओं से भी ऊंचा है।" इसके बाद उसमें भावान्तर आया। वह कठोर कटाक्ष से चार्ल्स की ओर देखकर बोली, "सुनो, वह काटा अगर एक बार हाथ में आ जाए तो उस पर इस तरह से पदाघात करूं कि···लेकिन कम्बख्त हाथ में नहीं आता–सीने के भीतर छिपा बैठा है।"

चार्ल्स विस्मित हो देखता रहा। लग रहा था, शायद ठीक-ठीक कांटे की बात न हो, किन्तु अच्छी तरह से स्पष्ट भी नहीं हो रहा था कुछ। थोड़ी-सी उधेड़-बुन के बाद बोला, "डाक्टर को दिखलाने में क्या हानि है?"

मेरी पहले तो हंस पड़ी, लेकिन अगले ही क्षण गम्भीर हो गई। धीमे स्वर में बोली, "मैं भी कैसी भागजली हूं कि तुम जैसों से बातें करती हूं! सोने का पात्र छोड़कर मैंने मिट्टी का पात्र ले लिया है। मन क्यों भरेगा ?" चार्ल्स को क्रोध तो बहुत आया, पर भय के मारे चुप रहा।

यह देखकर मेरी मन ही मन हंसी। मन ही मन बोली, 'ये लोग मुझसे कितना डरते हैं!'

उस दिन सारी दोपहर वह कमरे के कोने में चुपचाप बैठी रही। रात को बिस्तर पर जागती पड़ी रही। सवेरे कोचमैन को बुलवाकर कहा, "गाड़ी तैयार करो।

मिस्टर बाथ के घर जाना है।" मिस्टर बाथ कैप्टन नोल के एटर्नी थे। द्वार पर गाड़ी खड़ी कर मेरी ने भीतर प्रवेश किया। वृद्ध बाथ ढेर-से कागज-पत्र मेज पर बिखेरे काम कर रहे थे। मेरी को सहसा दफ्तर में देखकर चौंके। बोले, "इतने सवेरे ?"

"काम है। कर्नल हैरिंग्टन ने मेरे पिता से कितने रुपये कर्ज लिए थे?"

मिस्टर बाथ ने बही-खाता देखकर हिसाब लगाया, "आठ हजार पाउण्ड।"

मेरी ने दांतों के बीच होंठ काटकर कहा, "बहुत अच्छा। पाई-पाई का हिसाब लगाया न ?"

वृद्ध डर गए। बोले, "जी हां, वैसे ही लगाया है।

"आज से सात दिन के अन्दर हर हालत में मुझे ये रुपये चाहिए।"

वृद्ध दंग रह गए, "यह कैसी बात है ? सात दिन में इतने रुपये कौन देगा ?"

मेरी ने अपनी लाल आंखें तरेरकर कहा, "उसका चाचा देगा। न दे सके तो उसका मकान, घर-द्वार सब बेचकर लूंगी···"

वृद्ध ने सोचा, शायद कोई बात हो गई होगी। फिर भी बोले, "अभी उस दिन पुस्तक बेचकर वह मेरे पास दो हजार पाउण्ड जमा करा गया है। अब ओर उसके पास कुछ है नहीं। उस दिन बता रहा था कि सम्भवत: दो-तीन वर्षों में शेष रुपये भी चुका देगा। अब हड़बड़ी मचाने पर उसके लिए मकान बेचने के सिवा कोई चारा नहीं रहेगा।"

मेरी ने साग्रह कहा, "मकान बिक जाएगा ?"

"शायद।"

"बिके तो बिक जाए–अच्छी बात है। मुझे रुपये चाहिए सात दिन में, वरना नालिश कर दीजिए।"

वृद्ध ने बहुत कुछ देखा था, लेकिन ऐसा नहीं। बोले, "इतनी कम उम्र में उस गरीब को दर-दर का भिखारी बना दोगी ? किसी को देश-निकाला दे देना क्या उचित है ?"

मेरी ने आवेश में कहा, "रुपये आपके नहीं, मेरे हैं। मैं उसे पैरों के नीचे घसीटकर लाना चाहती हूं।"

अन्तिम बात वृद्ध को अच्छी तरह सुनाई न पड़ी। बोले, "क्या करना चाहती हो ?"

"कुछ भी नहीं। केवल रुपये चाहती हूं। आज नोटिस दें–ऐन

सातवें दिन …"

१०

नोटिस पाकर लिओ को सारा संसार अन्धकारमय प्रतीत हुआ। सारी रात यों ही पड़े-पड़े गुजार दी उसने। फिर भी कोई किनारा दिखाई न दिया। प्रातः मेरी अपने कमरे में बैठी लाल-लाल आंखें झुकाकर कुछ सोच रही थी, तभी नौकर ने आकर कहा, "लिओ नीचे खड़ा है।"

मेरी ने सिर उठाकर कहा, "कौन ?"

"लिओ।"

मेरी ने चीखकर कहा, "भगा दो !"

नौकर ने सोचा, क्या बात है ऐसी ? वह जा रहा था कि मेरी ने उसे बुलाकर कहा, "ठहरो, भगा मत देना। वह बड़ा अभिमानी है–अपमान नहीं सह पाएगा। अच्छी तरह उसे जाने के लिए कह देना। बताना कि मैं घर में नहीं हूं। देखना, किसी बात पर उसे ठेस न पहुंचे। किसी तरह से भी वह यह न भांप सके कि मैंने जानबूझकर उससे भेंट नहीं की। समझे न ?"

नौकर ने सिर हिलाया। वह लिओ की भली भांति पहचानता था। इस घर के सभी लोग सदा से उसका सम्मान करते थे। मेरी के आदेश पर भी कोई उसका अपमान नहीं कर सकता था। वह नीचे चला गया।

मेरी दबे पांव नौकर के पीछे-पीछे नीचे उतर आई। तनिक खुले दरवाजे की आड़ से उसने देखा–लिओ खड़ा है। चेहरा पीला पड़ गया है, जैसे लम्बी बीमारी से उठा हो।

नौकर ने कहा, "वे घर में नहीं हैं।"

"कहां गई हैं ? "

नौकर ने सोचकर कहा, "कल रात लन्दन चली गई हैं।"

"कब आएंगी ?"

"मालूम नहीं। शायद कल…"

निकट रखी एक कुर्सी पर लिओ बैठ गया। लग रहा था, उसका शरीर थकान से चूर है।

नौकर ने ऐसा अनुमान कर कहा, "बैठिए। आप बड़े थके-से लग हैं। एक गिलास बीयर ला दूं ?"

लिओ बोला, "नहीं।"

नौकर ने छोड़ा नहीं। बोला, "आप अस्वस्थ लग रहे हैं। बीयर से लाभ होगा।"

लिओ ने मुस्कराकर धन्यवाद देते हुए कहा, "मुझे दो दिन से बुखार है–लंघन किए हूं। इसलिए ऐसा लग रहा है।"

ऐसे ही समय किवाड़ हिले। एक आहट हुई। लिओ ने उस ओर देखा, "यह क्या ?"

नौकर ने भी देखा, "शायद हवा होगी।" मेरी चुपके से भाग गई।

▭▭

इस गांव में टामस हग नामक एक महाजन रहता था। लिओ सीधे उसके पास पहुंचा। बुलाकर कहा, "हग, मैं मकान बेचूंगा तो खरीदोगे ?"

हग ने आश्चर्य से कहा, "मकान बेचोगे ! क्यों ?"

"बात सुनोगे तो तुम खरीदोगे नहीं।"

"अवश्य ही नहीं। लेकिन कितने रुपये में बेचोगे ?"

"तेरह हजार पाउण्ड मिलने पर बेच दूंगा।"

"इतने रुपये ? क्या आवश्यकता पड़ गई है ?"

"बता रहा हूं। पिताजी ने कैप्टन नोल से आठ हजार पाउण्ड लेकर मकान गिरवी रख दिया था। सूद और असल मिलाकर अब लगभग चौदह हजार हो गए हैं। दो हजार पाउण्ड अदा कर चुका हूं। शेष बारह हजार बाकी हैं। उन्हें चुकाना चाहता हूं।"

टामस हग हथेली पर सिर धरकर बैठ गया। "ओफ ! वे दोनों तो घनिष्ठ मित्र थे, फिर भी इतना सूद ! इतना तो हम लोग भी नहीं लेते।"

लिओ ने जवाब नहीं दिया। बोला, "खरीदोगे ?"

"खरीद सकता हूं, लेकिन इतना रुपया नहीं दे सकूंगा। बारह हजार से ज्यादा बिलकुल नहीं।"

लिओ ने कुछ सोचकर कहा, "मेरे पास बहुत सारा असबाब··· इसके अतिरिक्त कमरे-भर पुस्तकें हैं–सब लेकर भी क्या तेरह हजार नहीं दिए जा सकते ?"

हग ने कहा, "दिए जा सकते हैं। लेकिन मकान बन्धक है–तुम रुपया चुका ही दोगे, इसका क्या प्रमाण ?"

लिओ हंसा, "हमारे वंश में किसीने चोरी नहीं की, मैं भी चोर नहीं हूं। तुम्हें विश्वास न हो तो मेरे साथ आओ, बांड तुम्हारे हाथ में दे दूंगा।"

हग ने विश्वास कर लिया। सारे रुपये गिनकर दे दिए और कहा, "कल रजिस्ट्री कर देना; लेकिन एक बात बताऊं, अगर कभी रुपये जमा हो जाएं तो मेरे पास आना, तुम्हारा मकान लौटा दूंगा।"

उस रात को लिओ के दो पुराने नौकर बहुत रोने लगे। अचानक इस प्रकार के समाचार से उनपर आसमान टूट पड़ा। हर एक को छः महीने का अधिक वेतन इनाम के रूप में मिला, फिर भी वे रोते ही रहे। आवश्यक सामान समेटकर बांध डाला। शेष जो बचा, उसे हग के लोगों ने रख लिया। कल सातवां दिन पूरा होगा, पितृ-ऋण चुकाकर लिओ कल जीवन-भर के लिए कोरेल गांव छोड़कर चला जाएगा। पिता के समय से चले आ रहे नौकर निरन्तर रो रहे थे। लिओ उन लोगों को सान्त्वना दे रहा था, "यदि मैं जीवित रहा तो दो वर्ष में ही तुम लोग मेरे पास फिर आ ज़ाओगे।" लिओ को वे बचपन से ही सत्यवादी मानते थे इसलिए कुछ शान्त हुए ! लिओ देख रहा था, अपने माता-पिता की तस्वीरें, मेरी ओर मेरी की मां की तस्वीरें, ढेर सारी पुस्तकें, उसका नन्हा-सा अध्ययन-कक्ष, सब कुछ छूट रहे हैं। मेरी ने उसे यों देशनिकाला दे दिया आज !

उस रात उसे तेज बुखार आ गया, रात-भर अचेत-सा पड़ा रहा। दोपहर के बाद बुखार कुछ उतरा, लेकिन शरीर बहुत दुर्बल हो गया था। थोड़ा-सा सामान जो साथ ले जा रहा था, स्टेशन भिजवा दिया और नोटों का गड्डा हाथ में लेकर मेरी के घर पहुंचा।

मेरी ऊपर बैठी थी। नौकर बोला, "लिओ रुपये लाए हैं।"

मेरी बाण्ड लेकर नीचे उतरी, लेकिन रुपये की बात पर उसे कतई

विश्वास न हुआ। इसके लिए अपने को उसने तैयार नहीं किया था। दिन-भर वह ऐसी ही कल्पना कर रही थी। सोच रही थी–आज उसकी आकांक्षा पूरी होगी। आज लिओ की उच्छृंखलता समाप्त हो जाएगी; पर ऋण चुकाकर लिओ उसे जीवन-भर के लिए छोड़कर चला जाएगा, ऐसी आशंका उसके मन में एक बार भी नहीं उपजी थी। दिल मजबूत कर मेरी नीचे उत्तर आई। बैठक में लिओ खड़ा था। आते ही उसने देखा–लिओ के हाथ में नोटों का गड्डा है। मेरी को काठ मार गया।

लिओ ने हंसकर उसका हाथ थामा। मेरी ने सिर झुका लिया। उसे लगा, हाथ कुछ अधिक गरम है और यह हंसी भी शायद उपहारस्वरूप देने के लिए किसी से मांगकर लाया है।

लिओ बोला, "रुपया लो। आज चुकाने का अन्तिम दिन है।"

मेरी ने हाथ पसारा। लियो ने नोट गिनकर कहा, "हो गया न ?"

मेरी ने पहले ही की तरह सिर हिलाकर बांड लौटा दिया। क्षण-भर में उसका सारा कौशल, आंशा, सब समाप्त हो चुके। हृदय फटने-सा लगा। शरीर की सारी शक्ति एकत्रित कर वह किसी तरह खड़ी रही। इस समय कमजोरी दिखाना हितकर न था।

लिओ ने कहा; "शायद यही अन्तिम भेंट है। अन्तिम समय तुमको दो बातें बताना चाहता हूं, सुनोगी ?"

"सुनाओ।" मेरी ने सिर हिलाकर कहा।

"मेरी एक बात रखना। किसी सच्चरित्र व्यक्ति को देखकर जल्दी विवाह कर लेना। तुम्हारे पास परमात्मा का दिया बहुत है। अतः धन के लिए चिन्ता न करना, केवल सच्चरित्र और उच्च वंश देखकर विवाह करना।" केवल एक बार लिओ के चेहरे की ओर देखकर मेरी ने सिर झुका दिया।

लिओ बोला, "एक बात और···।" दोनों ने दीर्घ नि:श्वास छोड़ा।

"एक बात और याद रखना। लज्जा जिस प्रकार नारियों का भूषण है; अभिमान भी वैसा ही है; लेकिन इसकी अधिकता से बड़े बुरे परिणाम निकलते हैं···"

पांच का घण्टा बजा। घड़ी की ओर देख लिओ ने कहा, "तो फिर

चलता हूं–समय हो गया···"

चले जाते देख मेरी ने रुंधे स्वर में बड़े आग्रह से कहा, "एक बात बता जाओ···"

लिओ लौट आया, "क्या ?"

"इतने रुपये कहां से मिले ?"

लिओ मुस्कराया, "यह बात क्यों पूछती हो ? मेरी कौन-सी बात तुम नहीं जनातीं ?"

"मुझे क्या मालूम ? ऐसा गाना भी गा सकते हो, कभी तुमने बताया था?"

लिओ इस बार सचमुच हंस पड़ा, "क्यों, तुमने कभी पूछा ? पूछती तो कितने ही गाने सुना सकता था। इतने दिनों में तो शायद तुम भी मेरी तरह सीख लेतीं।"

मेरी ने कहा, "यह बात नहीं। रुपये कहां से मिले ?"

"भला मिलेंगे कहां से ? पिता जो कुछ रख गए थे, उन्हीं के काम में खरच दिया। मकान, बाग, मेरी ढेर-सी पुस्तकें–जो कुछ भी था, प्राय: सभी कुछ बेचकर उनका ऋण चुका दिया···"

मेरी कठोर दृष्टि से देखती हुई बोली, "बेच दिया ?"

"सब कुछ बेच दिया।"

"रहोगे कहां ? खाओगे क्या?"

"अभी तो लन्दन जा रहा हूं, वहां कोई काम ढूंढ़ लूंगा। आशा है, अधिक दिन भूखा नहीं रहना पड़ेगा।

"लन्दन में कहां रहोगे ?"

"कुछ दिन तो अस्पताल में रहूंगा, इसके बाद जैसा बन पड़ेगा, करूंगा।"

"वहां क्यों ?"

"वहां कुछ दिन बिताने ही पड़ेंगे, ऐसा लग रहा है। आज चार दिन से बुखार है, किसी तरह से भी ठीक नहीं हो रहा। अभी-अभी लन्दन पहुंचकर चंगा हो जाऊंगा, इसकी आशा तो नहीं करता, रुपये-पैसे भी साथ अधिक नहीं···ऐसी दशा में बताओ, और कहां जाऊंगा ?"

मेरी सिहर उठी।

"अंय, चार दिन से बुखार है ! अभी तक ठीक नहीं हुआ ?"

"कहां ठीक हुआ !"

क्षण-भर में मेरी के चेहरे के भाव में परिवर्तन आ गया उस चेहरे पर अब कातरता, विषाद, निराशा, लज्जा, अभिमान का कोई भी चिह्न नहीं रहा। केवल अन्तहीन प्रबल स्नेह और विचित्र-सी आशंका थी। पहले उसने हाथ से लिओ का माथा स्पर्श कर शरीर का ताप देखा, पर अच्छी तरह से समझ मैं नहीं आया। इसके बाद दोनों हाथों से लिओ का मुंह झुकाकर अपना कपोल उसके कपोल से लगाकर ताप का अनुभव करने लगी। फिर बिना कुछ बोले उसका हाथ पकड़कर खींच ले चली।

लिओ ने आशंका से पूछा, "कहां ले जा रही हो ?"

"जहां मेरी मरजी ! कोई बात मत पूछो।"

लिओ ने सोचा–यह क्या !

मेरी सीधे उसे खींचकर ऊपर ले गई। फिर अपने शयनकक्ष में। हवेली-भर में यही कमरा सबसे सुन्दर और सुसज्जित था। एक ओर एक बहुमूल्य पलंग पड़ा था, मेरी ने खींचकर लिओ को उसपर बिठा दिया। तकियों को एकत्रित कर बोली, "यहां चुपचाप लेटे रहो !"

आंखों और चेहरे के भाव देखकर लिओ पहले ही कुछ भयभीत हो गया था, अब नितान्त भय से उसने कहा, "मुझे आज जाना है। समय हो रहा है…"

मेरी को यह बात सुनाई पड़ी हो ऐसा नहीं लगा। अपनी ही तरंग में वह एक मूल्यवान् शाल लाकर उसके वक्ष तक ढककर बोली, "लिओ, इस समय मेरे साथ झगड़ने से तुम्हारा काम चलेगा नहीं। तुमने सोच लिया न कि ऋण चुका दिया है ? कुछ भी नहीं किया है अभी। आज नहीं, जब स्वस्थ हो जाओ, तुम्हें यह बात समझा दूंगी। तुम्हारे शरीर पर क्या मेरा अधिकार नहीं ? जब चंगे हो जाओगे, तब जो इच्छा हो करना…"

लिओ चकित रह गया। यह कैसी बात है ? तपते शरीर को लिए मंत्रमुग्ध-सा वह चला आया था…अधमुंदी आंखों से देखते लिओ ने जोर देकर कहा, "छोड़ दो–मैं लन्दन जाऊंगा।"

मेरी उसके चेहरे पर अपना चेहरा रखकर बोली, "लन्दन की बात छोड़ो ···मुससे बिना पूछे अगर तुम पलंग से नीचे भी उतरे तो मैं इस छत से नीचे छलांग लगा लूंगी।"

लिओ ने धीरे-धीरे कहा, "तो फिर कैसे जाऊं ?"

इसके बाद करवट बदलकर वह सो गया। पन्द्रह दिन तक लिओ को होश नहीं आया। मेरी उसके पलंग पर बैठी रही।

डाक्टर ने कहा, "मेरी, इतना परिश्रम करने पर तुम भी बीमार पड़ जाओगी।"

मेरी ने कुम्हलाई हंसी के साथ जवाब दिया, "डाक्टर साहब, इस समय मैं बीमारी से डरती नहीं। यह स्थान त्याग करते ही मैं बीमार पड़ जाऊंगी।"

डाक्टर ने कहा, "मैं दाई बुलाए देता हूं, दोनों बारी-बारी से सुश्रूषा करो।"

मेरी ने और अधिक उदास भाव से कहा, "ऐसा नहीं होगा। इस समय मुझे किसी पर भी विश्वास नहीं ! मैं इसे नहीं छोड़ सकती। कभी भी नहीं।" वह रोने लगी। डाक्टर चुपचाप चला गया।

रोग कोई अधिक नहीं था, फिर भी लन्दन से तीन-चार डाक्टर मेरी के घर में आज पन्द्रह दिन से बैठे हैं। एक दिन वे बोले, "नाहक हमें क्यों रोके हुए हो ? बीमारी ठीक हो गई है।"

मेरी ने उन लोगों के हाथ पकड़कर कातर कण्ठ से कहा, "अजी, तुम लोग मेरे लिओ को अच्छी तरह स्वस्थ कर दो। मैं इसके लिए अपना सर्वस्व त्याग सकती हूं। जितना पैसा चाहो, ले लो, पर अभी मत जाओ···"

तीन सप्ताह के बाद लिओ बिस्तर पर उठ बैठा। डाक्टर और दवा का उपद्रव अब नहीं रहा था। मेरी ने खिड़की खोल दी–आकाश में आज चांद निकल आया था। कमरे में रोशनी आ रही थी। चांद की ओर देखकर मेरी सहसा लिओ के सीने पर आ गिरी। बहुत देर तक चुपचाप आंसू ढुलकाती पड़ी रही। फिर चांद की ओर देखती हुई बोली, "वह देखो, अब भी चांद के वक्ष पर कलंक है ! तुम्हारा कलंक भी तुम्हारे

वक्ष पर स्थान बनाकर बैठा है—कैसे भागोगे उससे ?"

लिओ की आंखों में आंसू आ गए। तनिक सम्भलकर बोला, "कलंक हो, चाहे शोभा, जो भी हो, सीने पर बहुत दृढ़ता से बैठ गई है। उससे अपके को जुदा करने की शक्ति अब मुझमें नहीं।" इसके बाद एक दिन वसन्त-प्रभात में कोरेल गांव के गिरजे में बड़ी धूमधाम के साथ घण्टा बजा। सारे गांववासी तड़क-भड़क के साथ प्रफुल्ल भाव से उस ओर लपकते जा रहे थे। वहां क्या हो रहा है—वह सब जानते थे।